사상의 꽃들 8

반경환 명시감상 12

이 도서의 국립중앙도서관 출판예정도서목록(CIP)은 서지정보유통지원시스템 홈페이지(http://seoji.nl.go.kr)와 국가자료종합목록구축시스템(http://kolis-net.nl.go.kr)에서 이용하실 수 있습니다. (CIP제어번호 : CIP2020012158)

사상의 꽃들 8

반경환 명시감상 12

지혜

저자서문

　시인은 꽃을 가져오는 사람이고, 철학자는 사상(정수精髓)을 가져오는 사람이다. 쇼펜하우어는 시와 철학의 상관관계를 매우 정확하게 알고 있었던 세계적인 사상가였다.

　시인의 세계는 상상력의 세계이며, 그가 펼쳐 보이는 세계는 아름답고, 신비로우며, 환상적이다. 여기가 아닌 다른 곳, 그 다른 세계로 우리 인간들을 인도하며, 그의 시세계는 활짝 핀 꽃과도 같은 아름다움을 가져다가 준다.

　어떤 시인은 살아 있어도 이미 죽은 것이지만, 어떤 시인은 이미 죽었어도 영원히 살아 있는 것이다.

　사상은 시의 씨앗이고, 시는 사상의 꽃이다.

　이 사상과 시가 있기 때문에 우리 인간들의 삶은 아름답고 행복한 것이다.

　『사상의 꽃들』 1, 2, 3, 4, 5, 6, 7권에 이어서 『사상의 꽃들』 8권을 탄생시켜준 반칠환, 이병연, 이영식, 박수진, 남상진, 천양희, 김석, 박준, 황유원, 유계자, 최혜옥, 김늘, 곽성숙, 김혁분, 탁경자, 박방희, 오정국, 조순희,

김명원, 나희덕, 조옥엽, 윤동주, 천수호, 이승하, 박덕규, 권예자, 고재종, 강해림, 이대흠, 엄재국, 이주남, 정재규, 박분필, 강순, 정미영, 김선옥, 장옥관, 안현심, 김진열, 신윤서, 송영희, 조항록, 고두현, 이미영, 김정웅, 이순희, 김홍희, 김은, 이명선, 박신규, 송찬호, 김은상, 송종규, 김병호, 전명옥, 장인무, 박정옥, 김순일, 오현정, 박금선, 신혜진, 나태주, 이복규, 조영심, 정해영 등 65명의 시인들과 그동안 『반경환 명시감상』을 너무나도 뜨거운 마음으로 사랑해준 독자 여러분들에게 진심으로 감사를 드린다.

좀 더 정확하게 말한다면, 독자 여러분들은 이 책의 저자였고, 나는 독자 여러분들의 시심詩心을 받아 적은 필자에 불과했다.

나는 이 『사상의 꽃들』 8권을 쓰면서, 너무나도 행복했고, 또, 행복했었다.

2020년 봄, '애지愛知의 숲'을 거닐면서……

5

차례

반칠환 이병연

이영식 박수진

남상진 천양희

김 석 박 준

황유원 유계자

최혜옥 김 늘

곽성숙 김혁분

탁경자 박방희

반칠환

윤회

나, 백만 번이나 죽었지만
왜 이리 죽음이 낯설으냐
― 반칠환 시집, 『웃음의 힘』에서

늙기 전에, 더 늙기 전에 조용히 이 세상을 떠나가
고 싶다.

오래 산다는 것은 재앙이고, 윤회질서의 파괴이다.

봄에는 꽃 피고, 여름에는 열매 맺고, 가을에는 씨앗
을 남기고 떠나가야 한다.

내, 나이 66세, 미안하구나, 젊은이들아!!

이병연

너와 나 사이

좁쌀은 좁쌀끼리
콩은 콩끼리
틈만 나면 쪼르르 달려가
시린 어깨 감싸주고
하나가 기울면 함께 기울어
등으로 받쳐준다
틈만 나면 부르지 않아도
바람막이가 된다.

사과는 사과끼리
배는 배끼리
틈만 나면 지척으로 다가가
붙어 있고 싶은 마음
고운 결 다칠까
둥근 받침 머물다

틈이 있어도 조르지 않고
바람길 만든다.

너와 나 사이
좁쌀처럼 콩처럼
사과처럼 배처럼

우리는 그 사람의 출신성분과 취향과 성격, 그리고 그 사람의 업적과 경력을 전혀 알지 못하지만, 그러나 그가 지니고 있는 사회적 지위에 따라서 존경과 경의를 표한다. 대통령과 장관, 검사와 판사, 국회의원과 대학교수에 대한 존경과 경의는 한국 사회가 그들에게 부여한 지위에 따른 것이고, 따라서 인간과 인간의 관계는 사회적 관계일 수밖에 없는 것이다. 대통령과 장관과 검사도 사회적 인물이지 사적인 개인이 아니다. 또한, 판사와 국회의원과 대학교수도 사회적 인물이지 사적인 개인이 아니다. 돈과 명예와 권력은 인간과 인간의 관계의 산물이며, 그들의 사회적 지위에 따른 존경과 경의는 그가 소속된 사회에 대한 존경과 경의에 지나지 않는다.

좁쌀은 좁쌀끼리, 콩은 콩끼리, "틈만 나면 쪼르르 달려가/ 시린 어깨 감싸"주어야 하고, "사과는 사과끼리/ 배는 배끼리/ 틈만 나면 지척으로 다가가" 붙어 있지 않으면 안 된다. 바람이 불면 바람막이가 되어주어야 하고, 존재의 기반이 위태로우면 그의 몸을 부축해주는 받침대가 되어주지 않으면 안 된다. 너와 나의 사이가 너무 가까우면 스스로 물러나 바람길을 내주어야하고, 제 아무리 가깝다고 하더라도 그가 지닌 꿀단지를 다 비우게 해서는 안 된다. 좁쌀은 좁쌀끼리, 콩은 콩끼리, 사과는 사과끼리, 배는 배끼리 모여 살되, 서로가 서로의 관계를 파괴해서는 안 되고, 한 걸음 더 나아가, 종과 종, 혹은 민족과 민족은 상호간의 경쟁과 그 협력의 관계를 파괴해서는 안 된다.

　이 세상에는 홀로 존재할 수 있는 개인도 없고, 또한, 이 세상에는 혼자서만 살아남을 수 있는 종種도 없다. 만일, 이 세상에서 모든 꿀벌들이 사라진다면 어떻게 될 것일까? 만일, 이 세상에서 모든 꿀벌들이 사라진다면 꿀벌에 의하여 종을 번식하던 식물들이 사라질 것이고, 꿀벌에 의하여 종을 번식하던 식물들이 사라진다면 그 식물에 의해서 살아가던 모든 동물과 곤충들도 사라질 것이다. 이 세상에서 살고 있는 한 그 어느 누구도, 그 어떤 동식물들도 반사회적(반자연적)인

존재는 될 수가 없고, 심지어는 그의 반사회적인 행위마저도 사회적(자연적)인 질서 속에 수렴될 수밖에 없는 것이다. 자연의 질서는 아주 정교하고 과학적이며, 그 모든 것이 조화를 이루게 되어 있다.

너와 나는 남남이면서도 하나이고, 좁쌀과 콩, 혹은 사과와 배는 서로가 다른 종이면서도 '우리'이다. 토끼와 늑대도 원수지간이면서도 형제이고, 늑대와 호랑이도 원수지간이면서도 형제이다. 나는 나, 너는 너, 우리는 좁쌀 속에, 콩 속에, 또는 인간 속에, 호랑이 속에 서로가 서로 다른 삶을 살아갈지라도 그것은 우주공동체 속의 상호 협력의 관계일 수밖에 없는 것이다. 왜냐하면 모든 만물은 비록, 그 종種과 속屬이 다르고, 민족과 종교가 다르더라도 너와 나는 화학적으로나 생물학적으로 우주공동체의 한 가족이기 때문이다.

이병연 시인의 「너와 나 사이」는 우주공동체의 한 가족으로서의 자유와 사랑과 평화를 노래한 시라고 할 수가 있다. 시적 발상은 아주 단순하지만 그 주제는 가볍지 않고, 시적 주제는 가볍지 않지만 아주 감미롭고 부드러운 리듬 속에 우리가 살고 있는 우주공동체에 활력을 불어넣고 있는 것이다.

이영식
꽃의 정치*

불 질러놓고 보는 거야
가지마다 한 소쿠리씩 꽃불 달아주고
벌 나비 반응을 지켜보는 거지
그들의 탄성이 터질 때마다
나무에서 나무로 번지는 지지 세력들
꽃의 정부가 탄생되는 거라

반목과 대립이 없지
뿌리는 흙속에서 잎은 허공에서
물과 바람
상생의 손 움켜쥐고
나무마다 꽃놀이패를 돌리네

봄날 내내 범람하는 꽃불을 봐
꿀벌은 꽃이 치는 거지

벌통으로 키우는 게 아니야

코앞에 설탕물을 풀어놓은 들

그게 며칠이나 가겠어

검증되지 않은 수입 교배종으로

벌 나비의 복지를 시험하지 마

같은 꽃 같은 향기더라도

오는 봄마다 새로운 꿈을 꾸고

행복해 하는 거야

봄날은 간다

꽃의 정부가 다하더라도

후회는 없어

튼실한 열매가 뒤를 받혀 줄 테니까

* 꽃은 다른 수단의 정치 클라우제비츠의 전쟁론 중 '전쟁은 다른 수
  단의 정치'를 변용함.

플라톤은 철학을 '학문 중의 학문'이라고 말했고, 아리스토텔레스는 정치학을 '학문 중의 학문'이라고 말했다. 하지만, 그러나 정치학도 '지혜사랑', 즉, 철학의 토대 위에 존재하고 있기 때문에 아리스토텔레스의 말이 틀렸다. 정치인은 머나먼 미래를 내다볼 수 있는 지혜를 가지고 있지 않으면 안 되고, 그리고 그 지혜를 실천할 수 있는 용기와 성실함을 갖고 있지 않으면 안 된다. 지혜와 용기와 성실함은 정치인의 근본덕목(근본자격)이며, 그는 그의 지혜와 용기와 성실함으로 그가 소속된 국민들을 이끌고 가지 않으면 안 된다. 정치인은 선구자이며, 이상주의자인데, 왜냐하면 그는 아무도 가지 않은 길을 가야 하며, 새로운 국가를 건설해야 하기 때문이다. 정치인은 사적인 개인이 아닌 전국민의 대표가 되어야 하는데, 왜냐하면 무보수 명예직으로 국민의 혈세를 절약하고, '국가의 부'를 창출해내야 하기 때문이다.

이영식 시인은 낭만주의자이며, 이상주의자이기도 하고, 다른 한편, 그는 이상주의자이며, 현실주의자이기도 하다. 「꽃의 정치」는 현실 정치에 대한 환멸의 소산이라는 점에서는 낭만적이고, 「꽃의 정치」는 머나먼 저곳의 정치라는 점에서는 이상적이고, 그러나 궁극적으로는 「꽃의 정치」를 실현시키고 싶어한다는 점에서는 현실적이라고 할 수가 있다. "꽃은 다른 수단의 정치/ 반목과 대립이 없지/ 뿌리는 흙속에서 잎은 허공에서/ 물과 바람/ 상생의 손 움켜쥐고/ 나무마다 꽃놀이패를 돌리"는 꽃의 정치의 목표가 되고, 이 '꽃의 정치'는 이상세계와 이상세계의 행복을 보장해주게 된다. 따라서 그는 이러한 정치철학과 목표를 가지고, "불 질러놓고 보는 거야/ 가지마다 한 소쿠리씩 꽃불 달아주고/ 벌 나비 반응을 지켜보는 거지/ 그들의 탄성이 터질 때마다/ 나무에서 나무로 번지는 지지 세력들/ 꽃의 정부가 탄생되는 거라"라는 시구에서처럼, 임전무퇴와 살신성인의 희생정신을 가지고, 그 목표를 추구하게 된다. 정치인은 선구자이며 봄날의 꽃불을 피우는 사람이 되고, 모든 국민은 "반목과 대립"이 없는

"상생의 손"을 움켜쥔 꿀벌이 된다. 꿀벌은 꽃이 치는 것이지 벌통으로 키우는 것이 아니다. 정치란 '무보수 명예직'으로 꽃 피어나는 것이지 "코앞에 설탕물을 풀어놓은"것 같은 꼼수와 "검증되지 않은 수입 교배종으로/ 벌 나비의 복지를 시험하지 마"라는 시구에서처럼, 이웃 국가의 정책으로 꽃 피어나는 것이 아니다. 정치란 진실이 없으면 피어나지 않는 꽃이며, 전국민의 행복이 보장된 '꽃놀이패'의 축제를 연출해내기 위해서는 역사와 전통을 사랑하지 않으면 안 된다. 역사와 전통은「꽃의 정치」의 토대가 되고, 이 역사와 전통의 토대 위에서만이 반목과 대립이 없는 사랑의 정치가 실현될 수가 있다.

정치가 인간의 생존의 결정체이자 가장 아름다운 온몸의 예술이라면, 꽃은 식물의 생존의 결정체이자 가장 아름다운 온몸의 예술이라고 할 수가 있다. 꽃의 정치와 꽃의 정부는 내가 이영식 시인을 통해서 들은 가장 아름다운 말이며, 만인들의 행복의 향기가 천리, 만리 퍼져나가고 있다고 하지 않을 수가 없다. 반목과 대립이 없는 사랑의 정치, 상생의 손을 움켜쥐고 무보수 명예직으로 꽃 피우는 정치, 나를 버리고 나를 버림으

로써 '우리'로서 꽃놀이패를 돌리는 정치, 봄날은 가지
만, 더욱더 튼튼한 열매로 새로운 이상세계와 그 꽃씨
를 남기고 가는 꽃의 정치—.

　이 세상에서 가장 아름다운 정부는 꽃의 정부이고,
이 세상에서 가장 아름다운 정치는 꽃의 정치이다. 꽃
은 가장 아름답고, 꽃은 가장 달콤하고 영양가가 풍부
한 꿀을 지녔다. 정치는 꽃을 피우고, 꿀벌은 꽃이 키
운다. 정치인은 선구자이며, 꽃을 피우는 사람이고, 만
인들의 행복을 연출해내는 대서사시인이라고 하지 않
을 수가 없다.

박수진

산굼부리에서 사랑을 읽다 1
― 세계 유일의 평지분화구

사랑이 뭔지 아니

심장이 고장이 나는 거야

그래서

심장을 150그램씩 떼 주는 거야

두 명에게만 나눠 주는 거야

봐

첫사랑, 마지막 사랑

사랑에도 이름이 있는데

사랑에도 분량이 있는데

사랑이 과열되면

산굼부리처럼 터지기도 해

박수진 시인의「산굼부리에서 사랑을 읽다 1」은 가장 독특하고 이채로운 사랑의 시라고 할 수가 있다. 심장은 인간의 중심기관이며, 심장이 고장난다는 것은 아주 중대한 사건이라고 할 수가 있다. 만일, 심장이 고장나는 것이 사랑이라면 사랑은 심장으로 시작해서 심장으로 끝난다는 뜻일 것이다. 따라서 사랑에는 첫사랑과 마지막 사랑이라는 두 종류만 있게 되고, 이 사랑이 과열되면 산굼부리에서처럼 폭발을 하게 된다.

첫사랑도 암수 하나이고, 마지막 사랑도 암수 하나이다. 사랑은 서로가 서로에게 자기 자신의 심장을 150그램씩 떼어주는 것이다. 첫사랑과 마지막 사랑은 하나의 과정이며, 따라서 이 과정에 다른 사랑이 개입되면 그것은 반드시 산굼부리에서처럼 폭발을 하게 된다.

사랑이란 진실이 없으면 살 수가 없지만, 이 진실이 넘쳐나면 폭발한다. "첫사랑, 마지막 사랑/ 사랑에도 이름이 있는데/ 사랑에도 분량이 있는데/ 사랑이 과열되면/ 산굼부리처럼 터지기도 해"라는 시구가 그것을 말해준다. 나르시소스의 수선화, 히야신스의 히야신스, 아도니스의 아네모네가 그토록 붉디 붉은 핏

빛으로 물든 것은 그들의 사랑이 평지 폭발했기 때문
일 것이다.

　박수진 시인의 「산굼부리에서 사랑을 읽다 1」은 가장
새롭고 독창적인 '사랑의 시'라고 할 수가 있다. 사랑은
심장이 고장나는 것이라는 충격, 사랑은 서로가 서로
에게 심장을 150그램씩 떼어주는 것이라는 충격, 첫사
랑과 마지막 사랑에 다른 사랑이 개입하면 산굼부리에
서처럼 평지 폭발한다는 충격—. 이 충격이 박수진 시
인의 「산굼부리에서 사랑을 읽다 1」의 새로움이고 독
창성이라고 할 수가 있다.
　자기 자신의 언어와 목소리로 모든 사건과 현상들
을 연출하고, 가장 멋진 신세계를 창출해냈다는 것이
박수진 시인의 「산굼부리에서 사랑을 읽다 1」의 기적
일 것이다.

남상진
맹그로브

뿌리로 숨을 쉬는 생도 있다

척박한 땅에 난생의 몸으로 떨어져 망망한 대해를 떠돌다 다다른 지표면
붙잡을 피붙이 하나 없는 물컹한 진흙 바닥에 그래도 단단히 뿌리 내렸다

눈물보다 짠 바닷물이 푸른 혈관의 통로를 지나 두꺼운 손가락 마디 끝
꽃잎으로 빠져나오는 수변
성성한 자식들 뭍으로 내보내고 맨몸으로 파도를 견뎌온 나무
밀물과 썰물이 수시로 드나드는 간석지에서
나무로 살아가는 일이 속내를 숨기고 혀를 깨무는 여정이라지만

얼마나 숨쉬기 버거웠으면
혀를 뿌리처럼 물 밖으로 밀어 올려
가쁜 숨을 내뱉았을까

울먹이는 누이의 손을 잡고
어둑한 맹그로브 숲으로 들어가는 저녁
요양원의 긴 복도를 따라
수면 위로 뿌리를 드러내고 가쁜 숨을 이어가는
맹그로브 뿌리같이 수척한 아버지

이불같은 밀물이 밀려와
머리끝까지 아버지를 덮고 있다

시인은 언어의 창시자이자 시의 신전의 건축가라고
할 수가 있다. 백지는 그의 텃밭이 되고, 볼펜은 그의
삽이 되며, 언어는 그의 씨앗이 된다. 언어의 대들보
가 자라나면 언어의 서까래가 자라나고, 언어의 창문
이 자라나면 언어의 지붕이 자라난다. 언어의 아버지
가 태어나면 언어의 어머니가 탄생하고, 언어의 시인
이 탄생하면 언어의 누이동생이 태어난다. 뿌리로 숨
을 쉬는 생도 있다는 것, 망망대해를 부평초처럼 떠돌
아 다니다가 피붙이 하나 없는 물컹한 진흙바닥에 그
래도 단단히 뿌리를 내렸다는 남상진 시인의 「맹그로
브」는 우리들의 아버지에 대한 찬가讚歌이자 비가悲歌라
고 할 수가 있다. 아버지에 대한 찬가가 너무나도 경건
하고 엄숙하다 못해 울음보를 터뜨릴 수밖에 없는 비
가가 되고, "밀물과 썰물이 수시로 드나드는 간석지에
서/ 나무로 살아가는 일이 속내를 숨기고 혀를 깨무는

여정이라지만/ 얼마나 숨쉬기 버거웠으면/ 혀를 뿌리처럼 물 밖으로 밀어 올려/ 가쁜 숨을 내뱉었을까"라는 아버지의 삶 앞에서는 그만 울음을 참고 아버지에 대한 찬가를 부르게 된다. 찬가가 비가가 되고, 비가가 찬가가 되는 이 상호모순적인 양가감정이 팽팽하게 균형을 이루며, 남상진 시인의 「맹그로브」는 제일급의 명시의 반열에 올라서게 된다. 요컨대 남상진 시인의 「맹그로브」는 아버지를 잃어버린 시대에, 아버지를 찬양한 보기 드문 '충효사상의 걸작품'이라고 할 수가 있다.

아버지는 망망대해를 부평초처럼 떠돌아다니다가 물컹한 진흙바닥에 뿌리를 내린 개척자이자, 밀물과 썰물이 수시로 드나드는 간석지에서 "뿌리로 숨을 쉬며" 성성한 자식들을 다 뭍으로 내보낸 종족창시자이고, 이제는 자기 자신의 꿈과 열정을 다 바치고 "수면 위로 뿌리를 드러내고 가쁜 숨을 이어가는" 아버지이다. 신이란, 후세대에, 아버지가 성화된 존재라는 말도 있지만, 이처럼 충忠과 효孝는 둘이 아닌 하나라고 할 수가 있다. 아버지는 신이고, 신은 왕이며, 이 세상에서 아버지만큼 고귀하고 위대한 존재도 없는 것이다. 아버지는 종족창시자이고, 아버지의 나무는 맹그로브이다. 아버지의 무대는 밀물과 썰물이 수시로 드나드는 진흙바닥이고, 아버지의 삶의 방법은 뿌리로 숨을 쉬는 것이다. 아버지의 삶의 목표는 자손의 번영과 행복이고, 아버지의 정신은 종족창시자의 정신이다.

천하의 명시(절경)는 벼랑끝의 아름다움이며, 이 아름다움은 그 고통의 크기와도 같다. 삶의 공포에 무릎을 꿇게 되면 신이라는 괴물에게 복종을 해야 하고, 죽음의 공포에 무릎을 꿇게 되면 지옥이라는 악마 때문에 벌벌 떨게 된다. 하지만, 그러나 사나운 비 바람과 밀물과 썰물 등에도 '뿌리로 숨을 쉬는' 방법을 터득하게 되면 그는 고통을 다스리고 고통을 지배하는 종족창시자가 될 수가 있다. "맹그로브 뿌리같이 수척한 아버지", 아버지의 일생은 한 순간일 수도 있지만, 그러나 수많은 미신과 이교도들을 물리친 아버지의 아름다움은 영원한 것이다.

예술품 자체가 된 삶, 이 예술품을 영원의 이름으로 보증해주는 고통―. 아아, 뿌리로 숨을 쉬는 아버지의 삶이란 얼마나 아름답고 행복한 삶이란 말인가!

사나운 비바람과 밀물과 썰물, 민물과 바닷물, 해일과 태풍, 수많은 약탈과 살육과 전쟁, 그리고 이별과 죽음 등, 그 고통의 크기가 클수록 그는 예술품과도 같은 삶을 살게 된다.

　알렉산더는 천하를 지배한 황제이고, 호머는 서양의 역사상 최초의 대서사시인이다. 알렉산더와 호머 중, 어느 누가 더 고귀하고 위대하며, 어느 누가 더 크나큰 재산을 가지고 있는 것일까? 하지만, 그러나 이 질문은 판단력의 어릿광대의 질문일 수밖에 없는데, 왜냐하면 시인과 황제는 동일한 인물의 다른 모습일 수밖에 없기 때문이다. '나는 승리를 훔치지 않는다', '나는 사소한 재물 따위에는 관심이 없다', '나는 전쟁이 없는 영원한 제국을 건설할 것이다'라는 알렉산더가 시인이 아니라면 무엇이고, 전지전능한 신들과 맞서 싸우며 영생불사의 삶도 거절하고 그 어떠한 고통도 마다하지 않았던 호머가 영원한 황제가 아니라면 무엇이란 말인가? 고통은 시인과 황제의 힘이 되고, 이 고통을 통해, 그들은 빅뱅, 즉, 대폭발을 일으키며 천하의 절경을 창출해내게 된다.

　이 세상에서 누가 가장 고귀하고 위대한가? 고통을 다스리고 고통을 지배하는 자가 천하의 황제가 되고 영원한 삶을 살게 된다.

　남상진 시인의 「맹그로브」는 대폭발이며, 이 세상에서 가장 고귀하고 위대한 '뿌리로 숨쉬는 종족'을 창출해냈던 것이다.

천양희
어느 미혼모의 질문

슬픔 아픔 고픔
이 따위 단어들은
왜 늘 현재진행형일까요

어제 그날 옛사랑
이 따위 단어들은
왜 모두 과거완료형일까요

구름 여울 바람
이 따위 단어들은
왜 다들 정처가 없는 것일까요

울음바다 눈물바람
이 따위 단어들은
왜 또 과장되는 것일까요

아이가 울음을 그치지 않네요
저 아이는
지 불행을 아는 듯
한번 울면 오래가요
저것이 저 아이의 미래형일까요

이 세상에서 가장 나쁜 놈은 불행이며, 이 불행이란 놈은 희망을 제일 싫어한다. 희망의 싹이 조금만 보여도 살모사를 싫어하는 소년처럼 그 희망의 싹을 모조리 짓밟아 죽여버린다. 슬픔, 아픔, 고픔 등의 단어들로 희망의 싹을 짓밟아버리고, 어제, 그날, 옛사랑 등의 따뜻한 봄볕같은 단어들은 그 옛날의 희미한 과거로 흘려 보낸다.

어제의 강물은 오늘의 강물이 아니고, 어제의 구름도 오늘의 구름이 아니며, 어제의 바람도 오늘의 바람이 아니다. 구름, 여울, 바람은 다 정처가 없고, 이 정처가 없는 뜨내기들의 삶은 그 모든 불행들이 관장을 하게 된다. 울음의 바다가 망망대해처럼 펼쳐지면 눈물의 바람이 사나운 파도를 몰고 오고, 눈물의 바람이 사나운 파도를 몰고 오면 '어느 미혼모'의 세월호가 침몰하게 된다.

미혼모―, 때가 오기도 전에 꽃을 피우고 봄이 온 줄 알고 착각했다가 임신을 한 미혼모, 좋았던 것은 모두 과거완료형이 되고, 불행은 현재진행형인 동시에 미래의 완료형이 된 미혼모, 사랑의 첫단추를 잘못 꿰고 모든 희망의 싹을 다 짓밟아버린 불행의 여신의 몸종―.

미혼모의 아이는 미리부터 희망의 싹을 잘라버리고, 한 번 울면 여간해서 울음을 그치지 않는다. 불행이 불행을 낳고, '인생역전'은 낡디 낡은 역사책 속의 옛이야기에 지나지 않는다.

불행의 에너지는 두려움이고, 이 두려움에 사로잡히면 불행은 눈사태처럼 한 사람의 인생 전체를 몰살시킨다. 두려움은 때로는 불행이라는 태풍을 몰고 오고, 두려움은 때로는 불행이라는 활화산을 폭발시킨다.

하지만, 그러나 '호랑이에게 물려가도 정신만 똑바로 차리면 된다'라는 말이 있다. 불행과의 싸움은 두려움을 제거하는 것이며, 두 눈을 똑바로 뜨고 두려움의 목을 비틀어 버리는 것이다. 두려움을 잃은 불행은 봄눈 녹듯이 사라지고 그 자리에 희망의 새싹이 돋아나고, 그리하여 때가 되면 행복이라는 열매가 주렁주

렁 열린다.

미혼모는 전인류의 어머니가 되고, 사생아는 전인류의 스승이 된다.

모세도, 예수도, 제우스도, 모든 문화적 영웅들도 인간의 영역에서는 버림을 받은 사생아들이었지만, 신의 영역에서는 하나님의 은총을 받은 행운아들이었다.

김석
사방치기

아이가 죽었다
깨금발로 뛰다가 죽었다
금 밟고 죽었다
죽은 아이가 울고 있다

– 너 왜 울고 있니?
– 죽었으니까요

죽은 아이가 울고 있고
죽은 아이를 보며 산 아이들이 웃고 있다

– 넌 왜 웃고 있니?
– 살아 있으니까요

'괜찮다'고 한다 울면서 '괜찮다'고 한다

죽어도 '괜찮다'고 한다

죽은 아이를 보고 웃어도 '괜찮다'고 한다

죽어서 다시 죽지 않기 때문에 '괜찮다'고 한다

'괜찮다'라는 말, 참

슬프다

사방치기는 어린아이들의 놀이이며, 놀이의 규칙에
따라 승자와 패자의 운명이 엇갈리게 된다. 상대방의
실수나 불운은 나의 행운이고, 나의 실수나 불행은 상
대방의 행운이다. 모든 놀이는 사생결단식의 '제로 섬
게임'이며, 그렇지 않으면 그 게임은 성립될 수가 없
다. 전부가 아니면 전무—, 이 승자독식구조의 게임은
미래의 생존경쟁과 전쟁의 예비학습적인 성격을 띠며,
이러한 예비학습적인 성격 때문에 그 게임에 더 몰두
할 수가 있는 것이다.

　　아이가 죽었다
　　깨금발로 뛰다가 죽었다
　　금 밟고 죽었다
　　죽은 아이가 울고 있다

하지만, 그러나 이 아이의 죽음은 단순한 놀이의 죽음이 아니라 생존경쟁에서의 탈락을 의미하고, 바로 그렇기 때문에, 죽은 아이는 그 분을 참지 못하고 울게 되는 것이다. 게임은 실제의 전쟁보다도 더욱더 잔인한데, 왜냐하면 죽은 병사가 야유를 듣고 울 수는 없기 때문이다. 죽은 아이가 야유를 듣고 죽은 아이가 분을 참지 못해서 운다는 것, 바로 이것 때문에 게임은 더욱더 재미가 있어지고, 승리한 아이는 죽은 아이를 보고 마음껏 웃어 줄 수가 있는 것이다. 죽은 아이를 비웃거나 야유하는 웃음, 죽은 아이를 통해서 승리의 기쁨과 행복을 만끽하는 웃음—, 이 웃음이 죽은 자를 더욱더 울게 하고, 승자를 더욱더 행복하게 만든다.

하지만, 그러나 김석 시인의 「사방치기」는 이 놀이의 잔인성과 비극성을 더 이상 부각시키지 않은 채, '괜찮다'라는 형용사에 그 초점을 맞춘다. 죽어도 괜찮은 죽음이 어디에 있고, 죽은 아이를 보면서 웃어도 괜찮은 삶이 어디에 있는가? 울고, 또, 울면서 괜찮은 울음이 어디에 있고, 죽어서, 다시 죽지 않기 때문에 괜찮은 죽음이 어디에 있는가? 괜찮다는 '별로 나쁘지 않고 좋다'라는 의미의 형용사이며, 따지고 보면 '모든 것이 다

좋다'라는 긍정적인 의미로 폭넓게 쓰인다.

김석 시인의 「사방치기」는 승자독식구조의 '놀이의 잔인성'을 노래한 시이며, 이 '놀이의 잔인성'을 은폐하고 임전무퇴의 호전성을 가르치고 있는 '사방치기의 사회학'을 야유하고 있는 시라고 할 수가 있다. '사느냐/ 죽느냐', '먹느냐/ 먹히느냐', '승리냐/ 패배냐', 이 생과 사의 운명이 걸린 전쟁놀이를 '괜찮다'라고 긍정하는 '놀이의 사회학'에는 '패자의 진실'이 끼어들 여지가 없다. 패자의 죽음과 그 비참함마저도 '괜찮다'라고 어루만져주고 있는 척하면서, 그 승자독식구조의 개선식에 그 포로들(죽은 자들)을 끌고 가고 있는 것이다.

'괜찮다'고 한다 울면서 '괜찮다'고 한다

죽어도 '괜찮다'고 한다

죽은 아이를 보고 웃어도 '괜찮다'고 한다

죽어서 다시 죽지 않기 때문에 '괜찮다'고 한다

그렇다. 김석 시인의 표현대로, "'괜찮다'라는 말, 참/ 슬프다."

박준
문상

한밤

울면서
우사 밖으로 나온 소들은
이곳에 묻혔습니다

냉이는 꽃 피면 끝이라고
서둘러 캐는 이곳 사람들도
여기만큼은 들지 않습니다

그래서 지금은
냉이꽃이 소복을 입은 듯
희고

머지않아 자운영들이 와서
향을 피울 것입니다

박준 시인은 2010년대 한국문학의 기수이며, '사상의 꽃'을 피운 시인이라고 할 수가 있다. 생살을 후벼 파는 듯한 고통은 그의 사유를 깊어지게 했고, 그 반면에, 그의 사유는 고통의 원인을 묻고 성찰하면서 고통을 극복할 수 있는 삶의 지혜와 철학을 가져다가 주었다. "한밤// 울면서/ 우사 밖으로 나온 소들은/ 이곳에 묻혔습니다"라는 비극적 사실에 소복을 입은 냉이꽃을 피워주고, 하얀 소복의 냉이꽃 (상제)들의 슬픔에 동참하며, 붉디 붉은 자운영들이 향을 피운다는「문상」은 '천하절경의 미학', 즉, '최고급의 수사학의 극치'라고 할 수가 있다.

수사학은 언어의 철학이고, 언어의 깊이이며, 수사학은 언어의 춤이라고 할 수가 있다. 철학은 광우병에 걸린 소와 그 소와 함께 한 주인의 삶을 성찰하고, 언어의 깊이는 그 슬픔의 텃밭에다가 하얀 상제들의 냉이꽃과 함께, 그 문상객들, 즉, 자운영들이 향을 사르는 너무나도 상징적이고 함축적인 시적 기교를 낳으며, 또한 거기에다가 한 점의 티끌이나 군더더기가 없는 언어의 춤사위(진혼무)를 보여준다.

아름답다. 아름다운 것은 고통을 끌어안고 고통을 승화시키며, 아름다운 것은 모든 사람들을 경건하고 엄숙하게 만든다.

아아, 박준 시인이 아니라면 어느 누가 광우병에 걸린 소와 그 주인의 비극적인 슬픔을 이처럼 아름답고 경건하게 승화시킬 수가 있단 말인가!

시는 사상의 꽃이고, 사상은 시의 열매(씨앗)이다.

사상은 슬픔을, 고통을, 가장 아름다운 꽃으로 피운다.

황유원
창백한 푸른 점

꿈에 지구가 되었다

어둡고 찬 공간 속에 붕 뜬 채
계속 돌았다
돌기만 했다

다른 별들이 말 걸지 않았다

서로 너무 멀리 있었고

서로가 서로에게 딱히
해줄 수 있는 게 없었다

인간으로 돌아온 후
여전히 내 발 아래 지구로 남아 있는

지구를 생각했다

그때 해줄 수 있는 게 있었을 것이다

나는 인간으로 돌아왔는데
지구는 여전히 그 시커멓고 차가운 집
우주宇宙에 남아 있었다

* 칼 세이컨의 책 제목.

황유원 시인의 "꿈에 지구가 되었다"라는 시적 표현은 대단히 참신하고 신선한 발상이라고 할 수가 있다. 나는 인간이라는 별이고, 이 인간이라는 별이 지구별이 된 것이다. 지구는 별과 별 사이의 중력과 인력에 의하여 그 거리를 유지한 채 자전과 공전을 거듭하게 된다.

　　내가 외로우니까 지구도 외롭고, 이 관성에 의하여 "어둡고 찬 공간 속에 붕 뜬 채/ 계속 돌았다/ 돌기만" 해야 했다. 외로움은 창백하고, 창백한 것은 푸른 기가 돌만큼 핏기가 없다.

　　인간과 인간이라는 별도 가깝고도 먼 별이며, 별과 별들도 가깝고도 먼 별이다. 서로가 서로에게 딱히 해줄 수 있는 것이 없었고, 인간이라는 별로 돌아온 이후에도 달라진 것은 하나도 없었다. "그때 해줄 수 있는 게 있었을 것이다"라는 시구는 반어의 반어의 반어,

즉, 아무 것도 해줄 수 있는 게 없었다라는 절망감의 다른 표현에 지나지 않는다. 요컨대 내가 지구라는 별이 되어도, 아니 여전히 지구라는 별에 발을 딛고 살아가도 나와 지구는 너무나도 가깝고 먼 별일 뿐이었던 것이다. 황유원 시인의 「창백한 푸른 점」은 외로움의 시적 상징이고, 이 세상에서 생과 사를 초월할 때만이 치유될 수 있는 암적인 종양일는지도 모른다.

삶도 두려워 할 것이 없고, 죽음도 두려워 할 것이 없다. 삶도 기쁜 것이고, 죽음도 기쁜 것이다.

아아, 우리는 과연 장자의 말대로, 생과 사를 초월하여 이 지구라는 별에서 참된 행복을 향유할 수가 있는 것일까?

유계자

바다 회사

회장은 달
회사명은 밀물과 썰물

조금 때만 쉴 수 있는 어머니는 달이 채용한 2교대
근무자

철썩,
백사장이 바다의 육중한 문을 열면
발 도장을 찍고 물컹물컹 갯벌 자판을 두드려 바지
락과 소라를 클릭한다

낌새 빠른 낙지는 이미 뻘 속으로 돌진하고
짱뚱어는 뛰는 놈 위에 나는 놈을 살피느라 정신없고
농게는 언제나 게 구멍으로 줄행랑치기 바쁘다

성깔 있는 갈매기는 과장되게 끼룩 끼끼룩 거리며
잔소리를 해댄다

가끔 물풀에 갇힌 새우와 키조개를 불로소득 하지만
실적 없는 날은 녹초가 되어 비린내만 안고 퇴근한다

평생 누구 앞에서 손 비비는 거 질색인데
겨울바람에 손 싹싹 비벼대도 승진은 꿈도 꾸지 못
했다

자별하다고 느낀 달의 거리마저 멀어지자
수십 년간 충실했던 밀물과 썰물 회사를 정리하였다

파도 같은 박수 소리
근속 훈장 하나 받아보니 구멍 숭숭 뚫린 직업병이
었다

유계자 시인의 「바다 회사」는 어촌 마을의 어머니의 일대기를 시적으로 승화시킨 이야기의 시이며, 주제, 구성, 문체, 또는 인물과 사건과 배경이 너무나도 완벽하게 꽉 짜인 이야기 시라고 할 수가 있다. 바다 회사의 회장이 달이라는 것은 달의 인력에 의하여 밀물과 썰물이 일어나는 것을 말하고, 회사명이 밀물과 썰물이라는 것은 밀물과 썰물의 동력에 의하여 '바다 회사'가 운영되고 있다는 것을 말한다. 어머니는 조금 때만 쉴 수 있는 달이 채용한 2교대 근무자이고, "자별하다고 느낀 달의 거리마저 멀어지자/ 수십 년간 충실했던 밀물과 썰물 회사"를 퇴직했던 것이다. '자별하다'는 것은 남보다 특별히 가깝게 지냈다는 것을 뜻하고, '달의 거리가 멀어지자'는 여인으로서의 생리가 끊어지고 노동력을 상실했다는 것을 뜻한다. 어머니는 퇴임식에서 파도 같은 박수소리를 받았지만, 그러나 그 "근속훈장이라는 것은 구멍 숭숭 뚫린 직업병" 뿐이었던 것이다.

회장은 달이고, 회사명은 밀물과 썰물이고, 어머니는 달이 채용한 2교대 근무자이다. "철썩/ 백사장이 바다의 육중한 문을 열면", 즉, 바닷물이 빠지면, "발 도장을 찍고 물컹물컹 갯벌 자판을 두드려 바지락과 소라를 클릭"하게 된다. "낌새 빠른 낙지는 이미 뻘 속으로 돌진하고/ 짱뚱어는 뛰는 놈 위에 나는 놈을 살피느라 정신없고/ 농게는 언제나 게 구멍으로 줄행랑치기에 바쁘다." 제법 성깔 있는 갈매기는 끼룩 끼루룩 잔소리를 해대고, 때로는, 가끔은 물풀에 갇힌 새우와 키조개를 캐기도 하지만, "실적 없는 날은 녹초가 되어 비린내만 안고 퇴근한다." 한평생 누구 앞에서 손 비비는 것은 딱 질색이었지만, 그러나 겨울바람에 손 싹싹 비벼대도 승진 같은 것은 꿈에도 생각하지 못했다.

'철썩, 백사장이 바다의 육중한 문을 연다'라는 시인의 말과 함께, 아름답고 장중한 무대의 막이 오르면, 그 옛날의 원시적인 육체 노동이 현대화되어 컴퓨터 자판을 두드리듯이 바지락과 소라를 클릭하게 된다. 따라서 어촌 마을의 어머니의 발소리에 놀라 낙지는 이미 뻘 속으로 숨어 버리고, 짱뚱어는 뛰는 놈 위에 나는 놈을 살피느라 정신없고, 농게는 언제나 게 구멍으로 줄행랑치기에 바쁘다. 바지락, 소라, 낙지, 짱뚱어, 농게, 새우, 키조개는 단역배우들(포획의 대상)이고, 갈매기는 근로 감독관이 된다. 회장과 회사명도 제일급의 명명의 힘처럼 아주 탁월하게 살아 있고, 하루 2교대 근무자라는 어머니라는 인물도 아주 탁월하게 살아 있다. 바다 회사도 아주 탁월하게 살아 있고, 저마다의 개성과 특징을 지닌 '낙지, 짱뚱어, 농게, 갈매기' 등도 살아 있으며, 이 아름답고 역동적인 「바다 회사」를 창출해낸 시인의 언어도 너무나도 싱싱하게 살아 있다. 시인의 힘은 명명의 힘이고, 이 명명의 힘이 모든 인간과 사물들을 살아 움직이게 하며, 극적인 효과에 의하여 '리얼리즘의 승리'를 창출해내게 된다.

유계자 시인의 「바다 회사」는 주제, 구성, 문체가 너무나도 아름답고 완벽하게 꽉 짜인 시이기는 하지만, 그 주인공인 어촌 마을의 어머니는 한이 많이 쌓인 여인에 지나지 않는다. 근면과 성실함이 도로아미타불의 헛수고가 되고, 그 아름다운 바닷가의 풍경마저도 파도 같은 박수 소리와 함께, 구멍 숭숭 뚫린 직업병 속에 묻혀버린다.

유계자 시인은 자기를 어머니와 동일시 하며, 그 어머니가 한평생 갯일을 하다가 늙고 병든 것처럼 그도 황홀하게 어머니의 몸과 마음 속에 몰입해 들어가게 된다. 어머니와 시인은 둘이 아닌 하나이며, 이 근원적 일체감 속에서 「바다 회사」를 예술품 자체가 된 시로 승화시켜 놓는다. 파도 같은 박수 소리는 물거품처럼 공허하고, 근속훈장이라는 것은 구멍 숭숭 뚫린 직업병 뿐이라는 것―, 그러나 이 '허무주의적 드라마'가 만인들의 심금을 울리며, 우리 서민들의 삶을 되돌아 보게 한다.

　근면 성실이 물거품이 되는 삶, 파도 같은 박수 소리가 구멍 숭숭 뚫린 직업병이 되는 삶, 아름답고 너무나도 아름다워서 허무한 삶―, 바로 이것이 어촌 마을, 아니 우리 서민들의 인생무상을 증명해주고 있는 것인지도 모른다.

최혜옥

보바리 부인의 열애기

욘빌의 명물을 받아주세요 레옹

갓 굵어진 감람나무처럼 싱그러운 나의 레옹, 절 사
랑하나요

—아마도, 부인

레옹은 파리로 떠났어요 로돌프

돈 많고 잘 생기고 매너 좋은 멋쟁이

꽃물처럼 달콤하고 세상에, 난폭할 줄도 아는 나의
로돌프, 절 사랑하나요

—아마도, 부인

늘 같은 노래만 부르는 새들아

어제 같은 오늘이 또 후줄근히 무덤을 향하는구나

내일은 뭔가 놀라운 일이 생길까

—아마도요, 부인

레옹도 로돌프도

여기 없어요 행복은 더더욱,

시골 의사 따윈 시시하고 지겨워

내일 떠나요

다만 착한 샤를, 아마도 당신은 절 사랑하겠죠

최혜옥 시인의「보바리 부인의 열애기」는 플로베르의 소설,『보바리 부인』을 읽고 그 이야기를 환상적으로 재구성해 본 시라고 할 수가 있다. 낭만은 머나먼 이상세계를 상정하고 그것에 비추어 현실을 비판하는 힘을 갖지만, 환상은 그야말로 아무런 실현 가능성도 없는 헛된 생각의 산물에 지나지 않는다. 환상의 토대는 권태이고, 이 권태는 먹고 살 걱정이 없는 유한마담의 질병이라고 할 수가 있다.

　　샤를로 보바리는 의과대학 시절 결혼을 한 바가 있고, 의사시험에 합격하여 노르망디의 작은 마을에 자리를 잡았다. 샤를로 보바리는 그의 조강지처가 죽자 돈 많은 농장주의 딸인 엠마와 결혼을 했지만, 그러나 그는 낭만적인 꿈을 잃어버린 현실주의자에 지나지 않았다. 그는 기껏해야 어떤 물건들을 사주며 그녀의 환심을 사려고 하거나 그날 그날의 작고 사소한 얘기를 들려주는 시골의사에 지나지 않았던 것이다. 엠마는 그날 그날의 작고 사소한 일상생활의 이야기에 환멸을 느꼈고, 그 대신에, 연애소설을 통하여 아름답고 멋진 상류사회와 아름답고 멋진 남자들과의 자유분방한 연애를 꿈꾸게 되었다.

　　"욘빌의 명물을 받아주세요 레옹/ 갓 굵어진 감람나무처럼 싱그러운 나의 레옹, 절 사랑하나요/ ─아마도, 부인."

　　"레옹은 파리로 떠났어요 로돌프/ 돈 많고 잘 생기고 매너 좋은 멋쟁이/ 꽃물처럼 달콤하고 세상에, 난폭할 줄도 아는 나의 로돌프, 절 사랑하나요/ ─아마도, 부인."

　권태는 "어제 같은 오늘이 또 후줄근히 무덤을 향하는구나"라는 일상생활에서 자라고, 또한, 권태는 "시골 의사 따윈 시시하고 지겨워"라는 일상생활에서 자란다. "갓 굵어진 감람나무처럼 싱그러운 나의 레옹"도 환상의 꽃이고, "돈 많고 잘 생기고 매너 좋은 멋쟁이/ 꽃물처럼 달콤하고 세상에, 난폭할 줄도 아는 나의 로돌프"도 환상의 꽃이다. 꽃물처럼 달콤하고, 그 모든 것이 가능하고 그 어떤 책임도 없는 자유분방한 연애가 가능한 세상은 이 세상 그 어디에도 없다. 나의 사랑 레옹도 '아마도'이고, 나의 사랑 로돌프도 '아마도'이고, 오직 나의 사랑은 그토록 시시하고 지겨운 '샤를로 보바리' 뿐이다. '아마도'는 유추이고, '아마도'는 가정이지만, 그러나 그것은 최혜옥 시인의 「보바리 부인열애기」의 환상의 또다른 이름이라고 할 수가 있다. 레옹도 '아마도'의 무지개 속에서 떠나갔고, 로돌프도 '아마도'의 무지개 속에서 떠나갔다.

권태는 환상을 낳고, 환상은 아마도를 낳고, 아마도는 무지개를 낳는다. 무지개는 아름답고 찬란하지만, 그러나 이 무지개 때문에, 꽃물처럼 달콤한 상류사회와 아름답고 멋진 사내들과의 열애를 꿈꾸던 보바리 부인은 그 짧고 비극적인 생애를 마감할 수밖에 없었다.

보바리 부인, 아니 엠마, 엠마, 꽃물처럼 달콤하고 아름답고 멋진 삶을 꿈꾸었던 만인들의 연인이었던 엠마여!

오늘도, 지금 이 순간에도, 그토록 고귀하고 순결한 현모양처의 길을 가고 있는 모든 여성들의 가슴 속에는 아직도 엠마가 살고 있다.

환상은 아름답고, 아름다운 무지개는 최혜옥 시인의 「보바리 부인의 열애기」처럼 영원히 떠오른다.

김늘
도레미파, 파, 파

돌돌 만 김밥이 아니라
파김치를 돌돌 말아 입에 넣는 밤

푹 삶은 돼지고기같은 유들유들함도 없이
붉고 노란 고명같은 화려함도 없이
빳빳하고 알싸했던 아버지가 심은 쪽파가
겨울을 견디고 돋아
파김치가 되어 식탁에 올랐어요

추운 겨울에 아버지는
종이처럼 얇아져 창백하게
산골짜기 병원 천장만을 바라보다
흩어졌어요,
진눈깨비처럼

가늘고 매운 파를 까던 고요한 오후에
어머니는 홀로 끝도 없는 눈물을 훔쳤다네요
발을 잃고, 말을 잃고,
겨우 파 몇 뿌리 남겼다며
파잎처럼 목을 꺾고 들먹였다네요

대나무처럼 딱딱하게
덜그럭거리던 아버지가 남긴
야들야들한 파를 씹고 있는 사월이에요

도레미파, 솔라시도레미파
한 옥타브를 건너도 다시 돌아오지 않을
아버지의 파를
매운 눈물을 흘리며 씹고 있어요

때는 사월의 봄날이고, "돌돌 만 김밥이 아니라/ 파김치를 돌돌 말아 입에 넣는 밤"이다. 파김치는 푹 삶은 돼지고기같은 유들유들함도 없고, 붉고 노란 고명같은 화려함도 없다. 하지만, 그러나 이 파김치는 추운 겨울날 종이처럼 얇아져 산골짜기 병원천장만을 바라보다가 진눈깨비처럼 흩어진 아버지가 마지막으로 지은 농사로 담근 파김치이며, 아버지에 대한 그리움처럼 빳빳하고 알싸했던 향내가 풍겨나온다.

돌돌 만 김밥이 아니라 파김치를 돌돌 말아 입에 넣는 밤, 시인은 이 파김치를 통해서 아버지를 만나고, 이 파김치를 담그며 홀어머니가 흘린 눈물을 생각한다. 이 세상에서 가장 아픈 것은 짝을 잃어버린 아픔이고, 그 아픔은 자기 자신의 존재의 근거와 생활의 근거를 위태롭게 한다. 말놀이를 할 대상도 없고, 어렵고 힘든 일을 해줄 사람도 없다. 눈빛을 주고 받거나 발걸음 소리만을 들어도 믿음직하고, 한 잔 술에 취해 '한 마음—한뜻의 사랑의 찬가'를 불러줄 사람도 없다. 모든 시, 모든 사상, 모든 예술은 사랑의 변주곡이며, 이 사랑의 변주곡 중에서 가장 슬픈 것이 짝을 잃어버린 이별의 노래라고 할 수가 있다.

가늘고 매운 파를 다듬어도 님 생각 뿐이고, 그 매운 파에 눈물과 콧물을 흘리면서도 님 생각 뿐이다. 님은 밭이고, 님은 말이다. 밭을 잃었으니까 갈 곳도 없고, 말을 잃었으니까 할 말도 없다. 겨우 파 몇 뿌리를 유산처럼 남기고 떠나간 님, 대나무처럼 딱딱하게 덜그덕거리던 아버지를 생각하며, 그 파잎처럼 목을 꺾고 우는 어머니—, 아버지를 여윈 슬픔과 혼자 남은 어머니를 생각하는 슬픔—, 즉, 이 효심이 김늘 시인의 「도레미파, 파, 파」의 주조음이 된다.

대나무처럼 딱딱하게 덜그덕거리던 아버지가 남긴 야들야들한 파를 씹고 있는 사월, 김늘 시인의 「도레미파, 파, 파」의 시점은 회고적이고, 운율은 가볍고 경쾌하고 부드럽지만, 그 내용은 아버지에 대한 진한 사랑이 묻어 있는 송가頌歌라고 할 수가 있다. "도레미파, 솔라시도레미파/ 한 옥타브를 건너도 다시 돌아오지

않을/ 아버지의 파를/ 매운 눈물을 흘리며 씹고" 있는
밤, 김늘 시인은 이 시를 통해서 아버지와 어머니와 딸
을 삼원일치화시킨다. 아버지는 떠나갔지만, 아버지는
내 마음 속에 살아 있고, 어머니는 홀로 남겨졌지만,
아버지와 함께 내 마음 속에 살아 있다.

"도레미파, 솔라시도레미파". 모든 음계들의 중심은
파가 되고, 이 가볍고 경쾌하고 부드러운 운율 속에 옛
세대가 새세대를 "빳빳하고 알싸한 맛"처럼 일깨우며,
새세대의 힘찬 발걸음을 살아 움직이게 한다.

파다. 식용과 약용과 온갖 양념의 중심인 파, 그리고
모든 음계의 중심인 파다.

김늘 시인은 '파'를 통해, 아버지와 어머니와 자기 자
신을 하나로 결속시키고, 「도레미파, 파, 파」의 사랑의
노래를 울려퍼지게 한다.

곽성숙

분꽃 마을

화순 이서 가는 길 폐교 앞마을은
대문간마다
저녁밥 재촉하는 분꽃이 피어 있다

골목마다
졸고 있는 개와
나른한 고양이가 있다

화순 이서 가는 길
폐교 앞마을엔
엄마 목소리 들리는 분꽃이 있다

일평생 대문 앞에 피어 있던 분꽃이었다
종종종 저녁밥 지어내던 분꽃이었다
흰 머릿수건 쓰고 사신 분꽃이었다

엄마는 단발머리 여자아이

나 하나만 바라보던 분꽃이었다.

분꽃은 남아메리카가 원산지로 키는 보통 60cm~100
cm까지 자란다. 꽃은 6월에서 10월까지 저녁 때부터
아침까지 피고, 꽃이 피는 기간이 길고, 향이 좋아 화
단이나 길가에 많이 심는다.

　화순에서 이서 가는 길, 폐교 앞마을에는 분꽃이 피
어 있고, 곽성숙 시인은 분꽃을 보고 엄마를 생각한다.
왜냐하면 엄마는 분꽃과도 같았고, 분꽃이 필 무렵에
는 저녁밥을 지었기 때문이다. 엄마는 한평생 대문 앞
에 피어 있던 분꽃이었고, 종종종 저녁밥을 지었던 분
꽃이었으며, 흰 머릿수건 쓰고 사신 분꽃이었다.

　학교가 폐교되었다는 것은 공동체 사회가 그 기능을
상실하고 붕괴되어가고 있다는 것이고, 공동체 사회를
이끌어나갈 미래의 주인공들이 없다는 것이다. 그 옛
날이나 지금이나 삶은 어렵고 힘들고, "골목마다/ 졸고
있는 개와/ 나른한 고양이가" 있을 뿐이었다.

우리 인간들이 크게 좌절하는 것은 삶이 어렵고 힘들기 때문이 아니라, 미래의 희망을 잃었기 때문이다. 미래의 희망이 있을 때는 전쟁의 참상 속에서도 살아남고, 또한, 미래의 희망이 있을 때는 이미 사망선고를 받은 시한부의 삶마저도 극복해낸다.

홀로 살며 단발머리 여자 아이 하나만을 바라보던 어머니의 삶에는 그 얼마나 많은 한과 아픔이 쌓여 있었던 것일까? 그 한과 아픔을 참고 견딜 수 있었던 것은 오직 딸 아이 하나가 있었기 때문이었고, 이 딸아이에 대한 사랑이 분꽃으로 피어났던 것이다. 여인의 몸으로 홀로 딸아이를 키우며 산다는 것도 어렵고, 단발머리 딸아이를 두고 이 세상을 떠나간다는 것도 어렵다. 이 삶의 공포와 죽음의 공포를 극복하고 새로운 미래의 희망을 창출해내기 위하여 어머니는 연분홍 분꽃이 되어야만 했던 것이다.

분꽃, 분꽃, 분꽃—. 태어나지 않는 것이 최선이고, 곧바로 죽어버리는 것이 차선이라는 염세주의를 극복하고, 그토록 가련하고 슬프게 피어 있는 분꽃—.

곽성숙 시인의 분꽃은 어머니의 초상이며, 딸아이와 어머니의 사랑으로 피어있는 꽃이라고 할 수가 있다.

김혁분
아무 일 아닌 것도 걱정이 되는

아무 일 아닌 것도 걱정이 되는 것이 사랑의 일이
었다

맥 빠지듯 일상을 놓은 당신이 잠깐 흐려졌다 봄이
오는지 동백은 더 붉게 떨어지고

계절의 말미에 닿으면 이제는 혀끝도 무뎌진단다

자꾸 짜지는 손맛처럼 세상이 쉽게 절여진다는 당신
의 말이 죽비소리처럼 들렸다

꽃구경 한번 실컷 못했다는 당신과 오늘은 꽃구경
간다

봄바람을 밀며 동백꽃 열차에 몸을 싣는 당신을 보며

유채꽃 피기 전에 입맛이 돌아왔으면 했다

덜컹, 꽃무덤에 갇혔다

지천으로 달아나는 봄꽃 속에서 개똥밭에 굴러도 이
승이 좋데요라는 말을 흐렸다

꽃무덤에 파묻혀 웃고 있는 당신을 보며 아무 일 아
닌 것도 걱정이 되는 격정의 봄이었다

이 세상에서 만물의 영장이라는 인간처럼 어리석은 동물도 없고, 인간은 결코 순간에 만족하고, 그 순간을 영원히 사는 동물처럼 행복하게 살지 못한다. 왜냐하면 먹고 살 걱정이 없어도 더 많은 부를 축적하지 못해 불안하고, 미래의 행복을 위하여 저축에 저축을 거듭한 결과, 실제로 그 나이가 되면 그 돈을 쓸 수 있는 젊음을 다 날려버린 늙은이가 되고 있기 때문이다. 아내와 자식들과 친구들과 사이좋게 지내고 있으면서도 언제, 어느 때나 뒤통수를 맞을지 몰라서 불안하고, 떠나야 할 때와 죽어야 할 때, 즉, 천명을 알고 있으면서도 언제, 어느 때나 죽음을 생각하면 두렵고 불안해진다. 유소년 시절부터 30대 중후반까지 그토록 오랫동안 쌓아온 지식도 다 소용이 없고, 오히려, 거꾸로 그 지식이 현재의 삶을 향유하는 데 방해가 되고 만다. 도둑과 사기에 대한 불안, 건강 상실과 재앙에 대한 불안,

타인에 대한 불신과 배신에 대한 두려움, 정치와 경제와 전쟁과 국가의 미래에 대한 두려움 등—. 이러한 두려움과 불안은 다만 '상상불안'에 지나지 않으며, 이러한 '상상불안'은 우리 인간들의 불행의 결정적인 요소라고 할 수가 있다.

김혁분 시인의 「아무 일 아닌 것도 걱정이 되는」은 노년의 철학이자 역사이고, 또한, 그것은 노년의 심리의 진수이자 그 '우울한 비가'라고 할 수가 있다. 이제 마악 은퇴한 부부의 걱정, 즉, 아무 일 아닌 것도 걱정이 되는 부부의 서사시의 총체이자 그 모든 것이라고 할 수가 있다. 맥 빠지듯 일상을 놓았다는 것은 은퇴를 했다는 것을 뜻하고, 은퇴를 했다는 것은 힘찬 일터에서 물러나 이 세상의 하직을 준비해야 될 때가 되었다는 것을 뜻한다. 은퇴는 노년의 일이며, 계절의 말미, 즉, 나이가 들면 혀끝이 무뎌지며 그 모든 음식을 짜게 만들게 된다. 혀끝이 무뎌지니까 소금을 많이 뿌리게 되고, 소금을 많이 뿌리게 되니까 자기 자신의 삶마저도 너무 쉽게 절여져 활기를 잃게 된다.

은퇴를 하고 입맛을 잃고 맥 빠지듯 할 일도 없던 어느 날, "꽃구경 한번 실컷 못했다는" 남편과 함께, 동백열차를 타고 꽃구경을 간다. 동백꽃 열차에 몸을 싣는 당신을 보며 "유채꽃 피기 전에 입맛이 돌아왔으면" 좋겠다는 것은 이제는 은퇴의 후유증을 탁탁 털어버리고 새로운 삶의 활기를 되찾았으면 하는 아내의 소망이 담긴 시구라고 할 수가 있다. 과연, 동백열차를 타고 달려 간 곳은 동백꽃이 붉디 붉게 만개해 있었고, "덜컹, 꽃무덤에" 갇히게 되었다. '덜컹'은 가슴이 무너져 내리는 듯한 재앙을 뜻하고, '꽃무덤'은 내세의 천국이 아닌 이 세상의 하직을 뜻한다. 따라서, 그 놀라움, 그 두려움을 간신히 진정시키며, "지천으로 달아나는 봄꽃 속에서 개똥밭에 굴러도 이승이 좋데요"라고 입속말을 흘려보았지만, 그래도 이제 마악 시작한 노년의 삶이 불안하기는 마찬가지였던 것이다. 요컨대 은퇴한 노부부의 삶은 "꽃무덤에 파묻혀 웃고 있는 당신을 보며 아무 일 아닌 것도 걱정이 되는 격정의 봄"일 뿐이었던 것이다.

김혁분 시인의 「아무 일 아닌 것도 걱정이 되는」에는 '나는 이제 쓸모없는 인간이 되었다'라는 자괴감과 그래도 아름답고 행복한 노년의 삶을 살아야 한다는 삶의 의지가 겹쳐져 있고, 또한, 그 시에는 더럽고 추하

지 않게 죽고 싶나는 죽음에 대한 익지와 이승에 대한
삶의 미련과 죽음에 대한 공포가 겹쳐져 있다. 인생무
상이 그의 철학이 되고, 꽃무덤은 그의 역사가 된다.
아무 일 아닌 것도 걱정이 되는 격정의 봄은 그의 심
리가 되고, "덜컹, 꽃무덤에" 갇힌 자의 노래는 그의
'우울한 비가'가 된다. 김혁분 시인의 시는 은퇴한 노
부부의 서사시의 총체이자 그 우울한 비가의 진수라고
할 수가 있다.

백수의 왕도 죽으면 그뿐이고, 천하도 좁다고 그도
록 사납게 날뛰던 영웅호걸도 죽으면 그뿐이다. 사는
의미와 살 권리를 다 잃어버리고도 더 사는 것은 국민
의 혈세와 국가의 부를 좀 먹는 일이며, 현대사회의
'저출산—고령화'라는 재앙의 진원지라고 할 수가 있
다. 노인들의 시곗바늘은 곧 멈추게 되고, 노인들은
그 어떤 가치 창조와 새로운 역사를 이끌어 나갈 능
력도 없다.

빨리 죽는 것은 애국하는 것이며, 모든 자식들을 다
효자로 만들고, 지구촌을 더욱더 푸르게 하는 일이 될
것이다.

아아, 내가 내 발등을 찍으며, 꽃무덤 속으로 걸어가

고 싶은 노년의 삶이여!

　아름답고 행복한 삶을 살고, 아름답고 행복한 죽음
을 죽을 줄 안다는 것―, 우리 인간들에게 이러한 삶보
다 더 고귀하고 위대한 것은 없다.

탁경자
동행

무뚝뚝한 아버지의 웃음 끈을
자주 고무줄처럼 늘려 주었던
복돌이가 집을 나갔다

아버지가 지어준 이름표를 달고
수수께끼 같은 의구심을 쏟아 놓고는
다시는 돌아오지 않았다

마당에 풀들이 귀를 쫑그시 하고
대문을 오래도록 열어두는 오후
빈 밥그릇 안으로 잠깐인 듯 꼬리를 살랑이다
햇살 틈 사이로 빠져 나가버린 귀욤이
복돌이 참 고놈이 고놈이
헛기침을 허공에 몇 번이고 부려 놓고는
마루에서 빈방으로 느리게 들어가시곤 하던

그해 여름 아버지는
병원에서 끝내 돌아오지 못했다

바짝 마른 웅얼거림을 자식보다
더 많이 알아들었을
컹컹,
복돌이가 집을 나간 이유를 아무도 모른다

남편은 아내를 위해 살고 아내를 위해 죽으며, 아내
는 남편을 위해 살고 남편을 위해 죽는다. 부부는 '한
마음-한뜻'의 일심동체이며, 부부는 죽음 이후, 무덤
속까지 함께 가서 영원불멸의 삶을 산다. 남편과 아내
가 남녀 사랑의 가장 이상적인 모델이라면, 인간과 인
간의 사랑은 우정이며, 생사를 초월한 우정 역시도 부
부의 사랑과 똑같을 수도 있다. 남편과 아내, 인간과
인간의 사랑이 '인간의 사랑'이라면, 때로는 인간과 인
간의 사랑을 초월하여 인간과 짐승과의 사랑 역시도 삶
과 죽음을 함께 할 수도 있다.

　　참된 사랑은 자기 자신의 몸과 마음을 다 바치고, 참
된 사랑은 자기 자신의 인간됨까지도 다 바친다. 사
랑은 삶의 목표이고, 사랑은 삶의 종교이며, 모든 시
는 이 사랑의 노래에 지나지 않는다. 탁경자 시인의
「동행」은 인간과 짐승의 사랑 노래이며, 생사를 초월한

영원한 사랑 노래라고 할 수가 있다. 아버지는 개에게 가장 좋은 '복돌이'라는 이름을 부여했고, 복돌이는 아버지에게 '귀욤이'로서 온갖 즐겁고 기쁜 웃음을 다 선사했던 것이다. 복돌이와 아버지는 '한마음-한뜻'이었고, 참된 사랑은 그들의 영혼과 육체를 감싸고 있었던 것이다. 그러던 어느날 복돌이는 "수수께끼 같은 의구심을 쏟아 놓고는/ 다시는 돌아오지 않았다." 날이면 날마다 "햇살 틈 사이로 빠져 나가버린 귀욤이/ 복돌이 참 고놈이 고놈이/ 헛기침을 허공에 몇 번이고 부려 놓고는/ 마루에서 빈방으로 느리게 들어가시곤 하던" 아버지는 그해 여름 병원에서 끝내 돌아오지 못했다.

복돌이는 어디로 간 것이고, 아버지는 또 어디로 간 것일까? 그 둘의 떠남은 우연의 일치였던 것일까? 그것도 아니라면, 인간과 짐승, 또는 생사를 초월한 천생의 연분이었던 것일까? 아마도 복돌이는 아버지의 죽음을 알고 있었고, 아버지를 내세의 천당으로 인도하기 위하여 미리 떠나가 자리를 잡고 있었던 것인지도 모른다. 왜냐하면 자나깨나 아버지 곁에서, "바짝 마른 웅얼거림을 자식보다/ 더 많이 알아들었을" 것이기 때문이다. '한마음-한뜻의 일심동체', 사랑은 이처럼 기적을 연출해내고, 삶 자체를 예술품으로 승화시킨다. 요컨대 아버지와 복돌이는 천생연분이었던 것이고, 복돌이는 구원자이자 인도자였던 것인지도 모른다.

탁경자 시인의 「동행」은 아주 평범해 보이는 듯한 시이면서도 동행의 참된 의미와 그 교훈을 선사해주는 가장 아름답고 탁월한 시라고 할 수가 있다. 자기 자신의 몸과 마음을 다 바치고, 그 인간됨마저도 희생시키며, 천국까지 함께 간 동행은 그 어떠한 사상보다도 더욱 더 소중한 것이다.

사랑은 동행이고, 동행은 행복이고, 행복은 그 모든 시공간을 초월한다.

박방희
그리스 신전의 기둥

기둥, 받칠 게 없으면 쓰러져야 한다.
주저앉을 수도 누울 수도 없는, 선 채로 바스러지는
이 형벌······.

길어졌다 짧아졌다 하는 제 그림자를 보며
밤마다 눕는 꿈으로 야위는
그리스 신전의 기둥들

너무나 오래 서 있어 하얗게 바래져
무엇을 떠받들었던지 기억조차 희미한

한 때 기둥이었다는 명백한 사실이 그를 꼿꼿이 서
있게 할 뿐!

아버지는 그리스 신전의 기둥과도 같고, 아내와 아들과 딸은 아버지가 떠받쳐야 할 성상聖像이며, 무거운 짐이라고 할 수가 있다. 아내는 '부부 일심동체'라는 불문률을 파기하고 예수중독증 환자가 되어 아프리카로 떠나갔고, 아들은 연간 1억 이상의 유학비가 있어야 하는 돈 먹는 하마가 되었고, 10여년 만에 대학을 졸업한 딸 아이는 결혼과 취업은커녕, 또다시 대학원 공부를 준비하고 있다.

아버지, 아버지, 아버지─. 더 이상 그 무거운 짐을 짊어지고 있을 수도 없고, 그 무거운 짐을 팽개쳐 버릴 수도 없는 아버지. 아니, 아내와 아들과 딸 아이가 제 몫을 다 파먹고 둥지를 떠나갔어도 "주저앉을 수도 누울 수도 없는, 선 채로 바스러지는 이 형벌"만을 감당해내야 하는 아버지─. 오늘날 아버지의 권위는 다 무너졌는데, 왜냐하면 의무만 있지 권리는 없기 때문이다.

아버지는 올해로 66세로 새벽 4시 이전에 일어나 책을 읽거나 글을 쓰고, 아침 6시가 되면 밥을 먹고 러시아워를 피해 출근을 한다. 사무실에서 오늘 할 일들을 점검하여 지시하고, 책 주문이 들어오는 대로 발송 작업을 마친다.

그 다음, 출판원고와 교정지 등을 챙겨들고 집으로 와 점심을 먹고, 잠시 눈을 붙였다가 곧바로 도서관으로 직행한다. 출판원고와 교정지 등을 검토하고, 때때로 저자섭외와 사무실의 잡다한 업무를 처리하며, 그리고 시간이 나면 명시감상을 쓰거나 주로 그동안 공부해 왔던 철학서적을 읽는다.

사업가도 아니고, 철학예술가도 아닌, 이 '일인오역의 생활'은 그토록 좋아하던 공부를 포기하고, 아버지로서의 사명감과 의무감 때문에 10여년 전 출판사를 차렸을 때부터 시작한 생활이었다. 아버지는 글을 쓸 때에도 하늘을 감동시키는 것이 목표였고, 계간시전문지 『애지』의 창간인이자 주간으로서도, 도서출판 지혜의 대표로서도 하늘을 감동시키는 것이 목표였다.

아버지의 낙천주의 사상과 이론의 정립은 대한민국 오천 년의 역사상 최고의 경사였지만, 아직도 학문 이전의 문맹과 문화 이전의 야만의 수준에 머물러 있는 한국인들은 오히려, 거꾸로 아버지를 이단시 하고 아버지를 철두철미 영원한 금기의 대상으로 처벌했다. 아버지는 지난 30년 동안 이름없는 존재였지만, 그러나 아버지는 이름없는 존재이면서도 수많은 사람들의 성원에 힘을 입어 작지만 대단한 성공을 거두었다고 할 수가 있다.

오후 5시이면 도서관을 나와 헬스장으로 운동을 하러가고, 6시 30분쯤이면 집으로 돌아와 잠시 TV를 보다가 그대로 쓰러져 잠을 잔다.

아무도 없는 텅 빈 집, 혼자 밥 먹고, 혼자 술 먹으며, 혼자 잠 잔다. "너무나 오래 서 있어 하얗게 바래져" 가는 아버지, 사는 것도 죽는 것도 마음대로 할 수 없는 아버지, 그리스 신전의 기둥들이 그 옛날의 그리스의 영광을 떠받들며 수많은 관광객들을 불러모아 황금알을 낳듯이, 황금을 낳고 또 황금을 낳아야만 하는 아버지—.

더 이상 떠받칠 것이 없어도 함부로 쓰러져서는 안

되는 아버지, 이 아버지가 쓰러지면 황금알을 낳는 자
본주의 역사가 종말을 맞이하게 된다.

오오, 아버지의 삶은 전면적인 서어커스단의 어릿광
대의 삶과도 같다.

호머, 아이스퀼로스, 소포클레스, 에우리피데스, 아
리스토파네스 등은 그리스 문학의 거장들이고, 소크라
테스, 플라톤, 아리스토텔레스, 헤라클레이토스, 에피
쿠로스, 파르메니데스, 데모크리토스 등은 그리스 철
학의 거장들이다. 데모스테네스, 페리클레스, 알렉산
더, 리쿠르코스 등은 그리스 정치의 거장들이고, 제우
스, 포세이돈, 하데스, 아폴로, 팔라스 아테네, 헤라,
아프로디테, 아르테미스, 헤라클레스, 테세우스 등은
그리스 신화의 영웅들(신들)이다. 고대 그리스는 서양
문명의 발상지였고, 오늘날에도 그리스 문화는 정치,
경제, 사회, 역사, 철학, 문학, 신학, 종교 등에서도
그 엄청난 영향력을 발휘하고 있다고 하지 않을 수
가 없다.

하지만, 그러나 오늘날의 그리스인들은 그들의 선조
들의 고귀하고 위대한 업적에 반하여, 자기 역사와 전

통도 제대로 지켜내지 못한 삼류 민족이 되었고, 그 결과, 그들의 수많은 신전들은 이슬람교도와 기독교도들에게 철저하게 파괴될 수밖에 없었던 것이다. 파르테논 신전, 제우스 신전, 아폴로 신전, 헤라 신전 등, 그 어느 것도 파괴되지 않은 것이 없으며, 그 텅 빈 폐허와 그 신전의 기둥들만이 고대 그리스의 영광과 번영을 말해주고 있는 것이다.

아버지가 아버지일 때는 "선 채로 바스러지는 형벌", 즉, 영원한 형벌을 받게 된다. 아버지는 그 모든 역사와 전통의 가치를 파괴하고 새로운 역사와 전통을 확립하기 위하여 신성모독자라는 형벌을 받지 않으면 안 되고, 철학자로서, 예술가로서의 최고의 자부심은커녕, 그 어떠한 인정도 받지 못하며 최하천민의 생활을 하면서 그 모든 것을 다 잃게 된다. 요컨대 모든 지혜는 신성모독의 대가이며, 이 신성모독자는 지혜를 얻고 전체 인류의 행복을 창출해내기 위하여 영원한 형벌을 감내하지 않으면 안 되었던 것이다.

아버지, 아버지, 모든 고귀하고 위대한 아버지는 이처럼 바스라질대로 바스라진 아버지이자, 사후에 존경과 찬양을 받게 되는 아버지이다.

아버지의 길은 쓰디 쓴 고통과 형벌 뿐이고, 아버지의 영광과 번영의 길은 결코 다가오지 않는다.

오정국 조순희

김명원 나희덕

조옥엽 윤동주

천수호 이승하

박덕규 권예자

고재종 강해림

이대흠 엄재국

이주남 정재규

오정국
읽지 못한 책

미안하게도 나는 바람의 책을 읽지 못했다. 이 책은 한때 나무였고, 나뭇가지를 흔들던 바람이었다. 미안하게도 나는 물의 책을 읽지 못했다. 물의 책엔 갈피가 없었다. 매듭이 없었다. 어찌 매듭 없는 문장이 존재할 수 있으랴. 나는 딱딱한 문장들의 책을 읽었다. 그때마다 내 눈앞을 떠돌던 미열微熱들을 사랑했다. 이 책은 한때 나무의 나이테였다. 나이테를 적시던 물이었다.

그랬다, 나는 물의 책을 읽지 못했다. 물의 책엔 밑줄을 칠 수 없었다. 어찌 흐르는 물결에 비문碑文을 새기랴. 나는 직사각형의 노트에 시를 쓰곤 했는데, 또다시 혹한의 겨울이 와서 손가락이 시리고, 얼음장 밑으로 흘러가는 흰 발목이 보인다. 저들은 물 밑에서 길을 잃고, 나는 땅을 딛고 척추를 세웠지만 여태 흙의 책을 읽지 못했다. 이 책은 한때 원시림의 흙이었다.

이 세상에서 가장 어렵고 힘든 것은 불가능한 것이고, 이 불가능한 것은 꿈이 된다. 꿈은 목표가 되고, 목표는 이 세상의 삶을 살아가는 동기를 부여해 준다. 한때는 우수왕복선도 불가능한 것이었고, 한때는 컴퓨터도 불가능한 것이었다. 자동차도 불가능한 것이었고, 동물복제도 불가능한 것이었다. 불가능한 것은 가능하지 않기 때문에 꿈이 되었고, 우리는 이 꿈을 목표로 삼고, 불가능한 것을 가능하게 하기 위하여 모든 기적을 다 연출해냈던 것이다.

모든 것이 가능하고 어느 것 하나 부족하지 않은 이상낙원, 모든 신화와 종교와 학문과 예술의 궁극적인 목표인 이상낙원—. 하지만, 그러나 이상낙원은 불가능하기 때문에 가능하다. 불가능한 것을 가능하게 하는 것은 지식(지혜)이고, 지식은 이 세상의 어둠과 장벽과 무지몽매함을 싹 쓸어버리고 새로운 꿈의 고속도로를 건설해 준다. 산과 들과 국경의 경계선도 없고, 인간과 인간, 인종과 종교와 이념의 경계선도 없다. 지식은 빵이고 힘이고, 지식은 빛이고 우주왕복선이며, 전지전능한 신이다. 지식은 돈이고, 권력이며, 명예이고, 지식 앞에서는 만인이 평등하다.

모든 책들은 지식의 보물창고이며, 우리가 그토록 책을 출간하고, 이 책들을 읽는 것은 이 지식 앞에서는 언제, 어느 때나 배가 고파지기 때문이다. 책 앞에서는 누구나 가난해지고, 책 앞에서는 누구나 경건해지고, 책 앞에서는 누구나 배가 고파지는 에릭직톤의 후예이다. 책을 출간한다는 것은 대지의 여신인 데메테르의 신목神木을 베어버린다는 것이고, 그 결과, 먹어도 먹어도 배가 고파지는 형벌을 받게 되었던 것이다. 오정국 시인은 게걸스러운 독자이며, 책을 읽으면 읽을수록 더욱더 배가 고파지는 에릭직톤의 후예이다. 딱딱한 문장의 책들, 즉, 나무로 만든 책들을 읽으며 신성모독을 범하고, 그 결과, 이제는 '바람의 책'과 '물의 책'과 '흙의 책'을 읽지 못했다고 하소연을 하게 된다.

한때는 나무였고 나뭇가지를 흔들었던 바람의 책, 책엔 갈피가 없고 매듭이 없는 물의 책, 모든 나무(책)

들의 모태인 흙의 책―. 아아, 오정국 시인은 얼마나 게걸스러운 독서광이었으면 바람의 책, 물의 책, 흙의 책을 읽지 못했다고 탄식을 하고 있는 것이며, 또한, 그가 얼마나 불가능한 꿈을 사랑했으면 바람의 책, 물의 책, 흙의 책들에 밑줄을 그으며 더 많은 지식을 쌓고 싶어했던 것일까?

모든 것이 가능하고 어느 것 하나 부족하지 않은 이상낙원은 불가능하지만, 그러나 이상낙원은 '자연의 도서관'에 있다. 바람의 책, 물의 책, 흙의 책과도 같이 당신이, 당신이 읽지 못한 책 속에 우리들의 이상낙원으로 가는 길이 제시되어 있는 것이다.

조순희
사람답게

꽃처럼 살아야지라고
말했다가

나무처럼 살아야지라고
말했다가

아니지,

사람답게 살아야지라고
고쳐 말한다

모든 사물은 생물학적(화학적)으로 하나이며, 이 하나에서 수많은 사물들이 탄생했다고 할 수가 있다. 모든 사물의 근본물질은 물과 바람과 불과 흙도 아니고 원자이며, 이 원자와 원자의 결합에 의해서 만물이 탄생했다고 할 수가 있다.

'나는 시바 신이다'라는 말은 히말라야 요가 수행자들의 화두라고 하는데, 왜냐하면 신과 나는 둘이 아닌 하나이기 때문이다. 내가 시바 신이라면 우리는 모두가 다같이 시바 신이며, 우리는 모두가 다같이 형제 자매이다. 산과 들과 강과 바다, 풀과 나무와 짐승과 벌레들, 돌과 바위와 산소와 바람들도 우리의 형제 자매이며, 이 세상에서 가장 아름답고 소중하지 않은 것은 없다.

조순희 시인의 '사람답게 산다'는 것은 꽃처럼 산다는 것이고, 꽃처럼 산다는 것은 나무처럼 산다는 것이다. 사람은 꽃으로 피어나고, 꽃은 나무로 자라난다. 나무는 사람처럼 살아가고, 사람은 꽃처럼 피어난다. 모든 만물은 우주공화국의 형제 자매이며, 저마다 다른 모습을 하고 있을 뿐, 이 우주공화국의 삶을 떠나서는 살아갈 수가 없다.

우파니샤드의 철학자들의 말대로, '천국과 지옥은 다 우리 안에 있다.' 나는 전지전능한 시바 신이고, 우주 창조자이며, '사람답게' 나의 행복을 연주하는 것은 순전히 나의 몫인 것이다.

나는 과연 세계적인 시인(사상가)이고, 나는 과연 자랑스러운 세계시민인가? 대한민국은 과연 문화선진국이고, 우리 한국인들은 과연 문화선진국민인가?

서울대 교수들은 천년, 만년, 공부를 해도 전인류의 스승이 될 수가 없지만, 미국, 영국, 독일의 초등학교 5학년 학생들은 10여년 후면 전인류의 스승으로 자라날 수가 있다.

조순희 시인의 '사람답게' 살고 싶다는 소망은 참으로 소박해 보이지만, 그러나 그 소망은 가장 어렵고 힘든 소망이라고 할 수가 있다.

당신은 누구를 존경하고, 당신은 고귀하고 위대한 것에 경의를 표할 줄 아는가?

당신도 전인류의 스승, 즉, 고귀하고 위대한 사상가가 될 수 있다.

천리 길도 한 걸음부터이다.

나는 당신들에게 낙천주의 사상의 진수를 가르쳐주겠다.

제발 경의를 표하는 법부터 배우라!

한국의 대통령에게,

당신은 일본을 미워하기 이전에, 일본인을 존경하고, 일본인들의 고귀하고 위대한 점에 대하여 경의를 표하는 법부터 배우지 않으면 안 된다.

그러면 당신은 어떤 일본인보다 더 훌륭하게 될 것이고, 모든 일본인들부터 존경을 받게 될 것이다.

이것이 가장 웅대한 복수전략이며, 영원한 제국의 길인 것이다.

김명원

구름 경전

구름에도 격이 있다

하늘을 통째로 전세 살지 않는 겸양과
노을에게 기꺼이 아름다운 마지막 어깨를 양보하는
미덕이 있다

겨울 산을 넘나든 새떼들의 능선을 방해하지 않으며
맨살로도 추위에 떠는 바람을 품어 안는 관대함도
있다

한 때는 사춘기 소녀의 현몽이 되기도
이별의 낭송가들에게 글썽이는 그늘 난간이 되어 주
기도
면적이 없는 노숙자의 마음을 덮어준 이불이 되기
도 하였으며

뭇 화가들의 시심을 밤새 매만져준 젖꼭지였으리라

한 해가 지며
구름도 진다

계절 내내 앓아오고 함구하고 비켜 온
낡아진 구름의 날개 뼈들을 거둘 시간

그을음 구름, 부스럼 구름, 얼룩 구름, 빙어리 구
름들
오늘은 함박눈으로 퍼붓는다

세상이 온통 하얀 구름의 화술이다

헐벗은 나무들, 그 문법을 들으며 한 겹씩
굽어진 경전을 피워내고 있다

태초에 말이 있었고, 이 말에 의하여 우주가 탄생했다. 말은 존재의 집이자 존재의 생명이고, 말은 존재의 사상이자 존재의 인품이다. 이 세계는 말의 세계이며, 우리는 이 말의 세계에 집을 짓고, 이 말의 음식을 먹으며, 이 말의 호흡으로 살아간다.

김명원 시인의 「구름 경전」은 말의 경전이며, 이 말에 의해서 씌어진 가장 아름다운 경전이다. 가장 정교하고 세련되며, 군더더기가 하나도 없는 말들이 모여서, 창세기 이전부터 창세기 이후까지, 아니 창세기 이후부터 이 우주의 생명이 다 할 때까지 '구름 경전의 시대'를 약속해주고 있는 것인지도 모른다.

하늘을 통째로 전세 살지 않는 겸양, 노을에게 기꺼이 아름다운 마지막 어깨를 양보하는 미덕, 겨울 산을 넘나드는 새떼들의 능선을 방해하지 않는 배려, 맨살로도 추위에 떠는 바람을 품어 안는 관대함—. 한때는 사춘기 소녀의 현몽이 되어주었고, 한때는 이별의 낭송가들에게 눈물을 글썽이는 난간이 되어 주었다. 집 없이 떠도는 노숙자들에게는 마음 속의 이불이 되어 주었고, 수많은 화가들의 영감(시심)을 제공해주는 젖꼭지가 되어 주었다. 겸양, 미덕, 배려, 관대함, 사춘기 소녀의 현몽, 이별의 낭송가들의 전송대(난간), 수많은 노숙자들의 마음 속의 이불, 수많은 화가들의 영감의 젖꼭지 등──, 이것이 시인의 천성이고, 인의예지仁義禮智와 시서화詩書畵가 아니라면 무엇이고, 또한 이것이 모든 인위적인 세계를 배제한 자연의 순리가 아니라면 무엇이란 말인가? 요컨대 인의예지와 시서화를 중요시 하는 공자와 맹자의 '유교사상'과 무위자연으로서 그 모든 인위적인 것을 배격한 노자와 장자의 '도교사상'의 아름답고 행복한 만남이 김명원 시인의 「구름 경전」의 시적 성과라고 할 수가 있다. 오월동주吳越同舟의 기적, 공자와 맹자와 노자와 장자가 손에 손을 잡고 화해를 하는 기적, 이 세상에서 가장 아름다운 말인 구름 경전의 기적──, 요컨대 시인은 천변만화하는 기적의 연출자이며, '구름'이라는 말의 경전은 영원한 이상 낙원의 세계라고 할 수가 있다.

그렇다. 구름에도 격이 있다. 한 해가 저물면 구름도 지지만, 그러나 구름은 "그을음 구름, 부스럼 구름, 얼룩 구름, 벙어리 구름들"을 지우듯이 함박눈으로 퍼붓는다. 이 세상은 온통 하얀 구름의 화술의 독무대이며, 헐벗은 나무들마저도 그 문법을 들으며, 한 겹씩 굽어진 구름 경전을 피워낸다.

　말의 근본요체는 '화和'이며, 이 말들과 말들의 조화는 구름 경전을 구름 경전으로 살아 숨쉬게 하고 있는 것이다. 말은 만남이고, 말은 사랑이고, 말은 자유이며, 말은 행복이다. 이 세상에서 가장 아름답고 가장 심오한 「구름 경전」에 비하면, 그을음 구름, 부스럼 구름, 얼룩 구름, 벙어리 구름들은 매우 일시적인 현상이며, 곧 소멸될 잡음들에 지나지 않는다.

　새하얀 눈 속에서 「구름 경전」을 읽고, 또 읽으며 걷는다.

　기적이다.

　적과 함께, 적들의 손을 잡고, 구름 경전의 세계 속으로 걸어간다.

　오오, 구름 경전이여!

　오오, 구름 신전이여!

나희덕

어린 것

어디서 나왔을까 깊은 산길
갓 태어난 듯한 다람쥐 새끼
물끄러미 나를 바라보고 있다
그 맑은 눈빛 앞에서
나는 아무 것도 고집할 수가 없다
세상의 모든 어린것들은
내 앞에서 눈부신 꼬리를 쳐들고
나를 어미라 부른다
괜히 가슴이 저릿저릿한 게
핑그르르 굳었던 젖이 돈다
젖이 차올라 겨드랑이까지 찡해오면
지금쯤 내 어린것은
얼마나 젖이 그리울까
울면서 젖을 짜 버리던 생각이 문득 난다
도망갈 생각조차 하지 않는

난만한 그 눈동자,
너를 떠나서는 아무데도 갈 수 없다고
갈 수도 없다고
나는 오르던 산길을 내려오고 만다
하, 물웅덩이에는 무사한 송사리떼

여성은 약하지만 어머니는 위대하다는 말이 있다. 어머니라는 말은 자기 헌신적인 말이며, 이 사랑의 힘으로 어린 자식들을 길러낸다. 그 어떤 타협도 없고, 우회로도 없다. 어머니는 자나깨나 어린 자식들을 젖먹이고, 가르치고, 훌륭한 사람이 되도록 그 모든 것을 다 바친다. 어머니가 없다면 그 어떠한 훌륭한 인물도 태어나지 않았을 것이고, 이 어머니의 사랑에 의해서 모든 문명과 문화가 싹터 나왔다고 할 수가 있다.

나희덕 시인의 「어린 것」은 이상적인 어머니의 초상이며, 어머니라는 모성본능을 구체적인 현실과 결합시켜 노래한 시라고 할 수가 있다. 어머니의 길은 "갓 태어난 듯한 다람쥐 새끼"와 그 맑은 눈빛을 교환하고, 그 맑은 눈빛 앞에서 그 어떤 것도 고집할 수 없는 어미의 심정을 고백하게 한다. 갓 태어난 듯한 다람쥐의 눈빛이 퍼져나가며 "세상의 모든 어린 것들은/ 내 앞에서 눈부신 꼬리를 쳐들고/ 나를 어미라 부른다"라는 시구에서처럼 시인은 만물의 어머니가 된다.

어머니는 너무나도 거룩한 말이며, "가슴이 저릿저릿한 게/ 핑그르르 굳었던 젖"을 돌게 하는 말이다. 학교에서, 회사에서, 또는 그밖의 일터에서, "젖이 차올라 겨드랑이까지 찡해오면/ 지금쯤 내 어린 것은/ 얼마나 젖이 그리울까/ 울면서 젖을 짜 버리던" 시인은 "도망갈 생각조차 하지 않는/ 난만한 그 눈동자" 앞에서, "너를 떠나서는 아무데도 갈 수 없다고/ 갈 수도 없다고" 그 오르던 산길을 다시 내려가게 된다. 그리고 그 귀가 길에서 물웅덩이의 "무사한 송사리떼"를 보고 안도의 한숨을 몰아쉬게 된다.

어머니는 종을 탄생시킨 생명의 여신이고, 어머니는 종을 보호하고 육성하는 보존의 여신이며, 그리고 어머니는 어린 것의 내생을 인도하는 구원의 여신이다.

모든 만물은 어머니에 의해 탄생하고, 어머니에 의해 성장하며, 어머니의 품으로 돌아간다.

인생은 젖의 강이며, 우리들의 삶의 터전은 젖의 강일 수밖에 없다.

조국은 아버지(어머니)와도 같다. 젖과 꿀이 흐르는 조국을 위해서라면 그 모든 것을 다 바쳐야 한다. 첫째는 상호간의 신뢰이고, 둘째는 자기 스스로를 수호천사로 성장시키는 것이고, 세 번째는 그 모든 것을 조국을 위해 다 바치고 떠나야 한다.

아버지와 자식의 관계처럼 서로가 서로를 신뢰하며, 수많은 법률과 규제가 없어도 어느 누구 한 사람 기초생활질서를 어기지 않는 조국을 만들지 않으면 안 된다. 외부의 적이나 내부의 분란이 일어났을 때 자기 자신의 몸을 바치는 것은 물론, 수많은 문화적 영웅들의 족적을 살펴보며 전인류의 스승이 될 수 있도록 공부를 하지 않으면 안 되고, 이 세상을 떠나갈 때는 모든 것을 다 주고 떠나가야 한다.

역사와 전통은 위대한 문화유산이며, 이 문화유산의 힘으로 우리들의 조국은 그 빛을 발하게 된다.

전인류의 스승과 고귀하고 위대한 천재들의 삶의 터전인 조국─. 우리는 이 조국을 먹여 살릴 수 있는 아버지가 되지 않으면 안 된다.

우리들의 아버지는 책의 아버지이며, 지혜의 아버지이고, 사상가와 예술가의 민족을 창출해낸 아버지이다.

　이 아버지가 살고 있는 곳이 우리 한국인들의 가장
이상적인 조국이라고 할 수가 있다.

조옥엽

壽

숟가락에 글자 하나 걸려 있다
꽃 모가지 허공에 걸리듯 대롱대롱 걸려있다

해서체의 목숨 壽

숟가락이 곧 목숨이란 말인가
숟가락에 목숨이 달려있단 말인가

이승에 와서 맨 처음 만나
뜨거운 입맞춤 거듭하다
죽음의 문턱에 이르러서야 비로소 갈라서는

수시로 긴밀히 접촉하면서도
진지하게 생각해 본 적 거의 없는

허나 가만히 되짚어보면
생사를 가리는 척도가 된 지 오래인

이 세상 누구보다
큰일을 하고 있는, 큰 말을 하고 있는

우리들 역사가 진행 중인 숟가락 하나
우리들 역사에 종지부를 찍을 숟가락 하나

지나온 생 돌아다보듯 오래도록 들여다본다

숟가락은 밥이나 국물을 떠먹는 도구에 불과하지만, 그러나 이 숟가락의 역사 철학적인 의미는 우리 인간들의 생사와 직결되어 있다고 해도 과언이 아니다. '흙수저를 물고 태어나느냐, 금수저를 물고 태어나느냐'에 따라서 진보와 보수, 또는 자본주의자와 공산주의자로 그의 운명이 결정되고, '숟가락을 확보하느냐, 아니냐'에 따라서 그의 생사의 문제가 결정된다. 흙수저와 금수저의 싸움은 좌우 이념의 문제가 되고, '숟가락을 확보하느냐, 아니냐'의 싸움은 생존 자체의 문제가 된다. 숟가락은 목숨과 직결되어 있고, 이 목숨은 건강과 행복과 장수의 문제와 직결되어 있다. '사는 것이 죽는 것보다 못하다'라는 말이 있듯이, 생존만이 최고인 현실에서는 문화가 꽃 피어날 수가 없다. 문화란 삶을 향유하는 것이며, 더 이상 먹고 사는 문제를 떠나 있을 때, 저마다의 개성과 성격에 따라서 다양한 삶을 향유할 수가 있는 것이다. 이 세상에서 가장 이상적인 일은 자기가 하고 싶은 일을 하는 것이며, 자기가 하고 싶은 일을 하는 사람은 적어도 타인의 명령이나 간섭없이, 자기가 자기 자신의 행복을 연주할 수 있는 사람을 말한다. 금수저를 물고 태어난 사람은 타인의 명령이나 간섭을 필요로 하지 않으며, 그 모든 것을 스스로 판단하고 가치평가를 하지만, 흙수저를 물고 태어난 사람은 그 모든 것을 스스로 판단하고 가치평가하기는커녕, 타인의 명령에 복종하고, 타인의 간섭에 수없이 시달리게 된다. 금수저는 명명자이고, 가치판단자이며, 주인의 삶을 살고, 흙수저는 자나깨나 비굴한 아첨과 생존만이 최고인 노예의 삶을 산다.

조옥엽 시인의 「壽」는 숟가락을 의미하며, 이 숟가락은 곧바로 목숨을 의미한다. 숟가락은 목숨이고, 숟가락에는 목숨이 달려 있다. "이승에 와서 맨 처음 만나/ 뜨거운 입맞춤 거듭하다/ 죽음의 문턱에 이르러서야 비로소 갈라서는" 숟가락, "수시로 긴밀히 접촉하면서도/ 진지하게 생각해 본 적 거의 없는" 숟가락, "허나 가만히 되짚어보면/ 생사를 가리는 척도가 된 지 오래인" 숟가락, "이 세상 누구보다/ 큰일을 하고 있는, 큰 말을 하고 있는" 숟가락―. 인류의 역사는 숟가락의 역사이며, 어떠한 숟가락을 확보하느냐에 따라서 그의 행복과 불행이 결정된다고 해도 과언이 아니다.

조옥엽 시인의 「壽」는 숟가락에 대한 명상의 시이며, 이 숟가락이 우리 인간들의 목숨이라는 것을 노래한 시라고 할 수가 있다. 나는 조옥엽 시인의 「壽」를 읽으며, 인터넷을 통해서 숟가락에 대한 꿈해몽을 찾아 보았다. 숟가락을 받는 꿈은 재산을 상속받거나 재물과 돈이 쌓일 징조이고, 숟가락이 부러지는 꿈은 가족과 헤어지거나 사업에 실패하고 경제적인 어려움에 처할 징조이다. 금(은)수저를 받는 꿈은 집안에 경사가 생기거나 상장이나 훈장을 받을 징조이고, 숟가락을 잃어버리는 꿈은 협조자나 동업자를 잃게 되거나 배우자와 이별을 하게 되는 징조이다. 숟가락이 많이 있는 꿈은 사업이 번창하거나 회사원이나 식구들이 늘어날 징조이고, 밥을 먹다가 숟가락을 놓치는 꿈은 질병에 걸리거나 사고가 일어날 징조이다.

하지만, 그러나 꿈은 이루어지지 않는다. 모든 꿈은 금수저를 향한 꿈이지만, 대부분이 그 숟가락을 잃어버리고 실패의 역사를 기록하게 된다.

금수저를 물고 있으면 두 겨드랑이에서 날개가 돋아나고, 그 모든 것이 발밑으로 내려다 보인다. 타인들과 입에 게거품을 물고 싸울 필요도 없고, 이념과 종교와 언어의 장벽도 없어진다. 이 세상과 마음은 넓고 관대해지며, 어렵고 힘든 육체적인 노동을 할 필요도 없어진다.

저절로 흥에 겨워 콧노래를 부르며, 만인들의 존경과 찬양을 받으면서도 전혀 그것을 신경 쓸 필요가 없다. 금수저는 자유이고, 평화이고, 행복이며, 금수저는 그 모든 이분법과 선악을 떠난 영원성의 상징이 된다.

목숨 수壽는 금수저이고, 금수저는 영원불멸이다.

사대주의事大主義는 노예민족의 이념이며, 돌대가리 민족의 보증수표가 된다. 원나라 때는 원나라의 명령에만 복종하면 되었고, 명나라 때는 명나라의 명령에만 복종하면 되었다. 청나라 때도, 일본식민지 때도 그러했고, 오늘날에도 미국의 명령에만 복종하면 되었다.

노예민족이 가장 두려워하는 것은 영원한 제국이나 주권 국가의 건설이 아니라, 그 '사대事大의 예禮'에서 제외되는 것이었다. 세계 최고의 강대국, 즉, 하늘과도 같이 받들어 모실 주인이 없다는 것은 그야말로 재앙 중의 재앙이었던 것이다.

대한민국의 보수주의자들은 사대주의의 신봉자이며, 사대주의야말로 최고급의 사상과 이념이라고 할 수가 있다. 왜냐하면 작은 나라가 큰 나라를 섬긴다는 것은 자연의 이치이자 삶의 지혜가 되고 있기 때문이다.

대한민국의 교육제도는 천재 생산의 교육제도가 아니라, 돌대가리 생산의 최고비법인 주입식 암기교육제도라고 할 수가 있다.

주입식 암기교육을 받으면 영원한 노예민족이 되고, 이 사대주의의 굴레에서 벗어날 길이 없다.

윤동주
서시

죽는 날까지 하늘을 우러러
한 점 부끄럼이 없기를,
잎새에 이는 바람에도
나는 괴로워했다.
별을 노래하는 마음으로
모든 죽어 가는 것을 사랑해야지
그리고 나한테 주어진 길을 걸어가야겠다.

오늘 밤에도 별이 바람에 스치운다.

나는 상을 받아야 할 때, 벌을 받아야만 하는 운명
을 타고난 사람이다. 내 생일날 아버지의 상여가 나갔
고, 초등학교 때 우등상을 탔지만, 자그만 상점 종업
원으로 팔려 나갔다. 독수리가 알을 깨고 나오듯이, 한
국문단에 가장 화려하게 등단을 했지만, 그러나 그것
이 사랑하는 연인의 집안으로부터 이별을 강요당하는
계기가 되었다.

한국문단의 황제, 즉, 불세출의 대형비평가 김현을
정면으로 공격하고 대한민국 역사상 최초로 낙천주의
사상을 정립했지만, 오히려, 거꾸로 한국사회로부터
영원한 생매장을 당할 수밖에 없었고, 이 세상에서 가
장 멋진 남편과 가장 멋진 아버지가 되고 싶었지만, 이
세상에서 가장 기쁜 날일지도 모르는 내 회갑날, 예수
중독증에 걸린 아내가 여러 친지들이 모인 가운데 회
갑상을 차려주지 않고 교회에 가버렸다. 농경민의 자

손으로서 단군을 숭배하는 나와 유목인 자손으로서 예수를 찬양하는 아내와의 만남이라니—, 나는 이 사이비 유태인이자 민족의 반역자인 기독교인들을 대청소해버리고 싶었다.

이것이 내 운명이고, 나는 이 운명을 사랑할 수밖에 없다. 우리 한국인들의 백만 두뇌를 양성하고 우리 한국인들을 사상가와 예술가의 민족, 즉, 고급문화인으로 인도하고자 그 얼마나 처절하고 피눈물나게 공부를 하고 글을 써왔던가? 가난한 집안의 아이, 상급학교에 진학하지 못한 무식한 아이, 그 수많은 차별과 천대 속에서도 그러나 하늘을 감동시키려고 노력해왔고, 모든 발표지면을 다 **빼앗기고도** 공부를 하고, 또 공부를 하면서 하늘을 감동시키려고 노력해왔다.

애지愛知는 지혜, 용기, 성실함의 애지이며, 나는 이 지혜사랑의 이름으로 상을 받아야 할 때 꼭 벌을 받아야만 했던 나의 운명을 극복해내고 싶었다.

기초생활질서를 확립하고 삼천리 금수강산에 쓰레기 하나 없게 만드는 것, 주입식 암기교육을 폐지하고 독서중심글쓰기 교육제도를 실시하여 해마다 노벨상을 타게 만드는 것, 부의 대물림을 반드시 뿌리뽑고 누구나 열심히 일을 하면 부자가 되게 만드는 것, 주한미군을 철수시키고 남북통일은 물론, 영원한 제국을 건설하는 것은 낙천주의 사상가로서 나의 정치 철학의 목표라고 할 수가 있다.

나는 우리 한국인들을 사상가와 예술가의 민족, 즉, 고급문화인으로 인도해낼 수 있을 만큼 실력을 갖추었지만, 우리 한국인들은 아직도 나의 이 고귀하고 웅대한 꿈을 이해하지 못한다.

상을 받아야 할 때 꼭 벌을 받아야만 하는 운명, 이것이 나의 역할이고, 나는 하늘의 제왕인 독수리처럼 더욱더 높이 날아오를 것이다.

오오, 우리 한국인들이여!!

오오, 우리들의 영원한 조국 대한민국이여!!

나는 초등학교밖에 졸업하지 못했지만, 창비로 가지 않고 문지로 갔는데, 왜냐하면 최고의 지식인들과 정면으로 진검승부를 벌여보고 싶었기 때문이다. 김현을 정면으로 공격하고 문지로부터 파문을 당했지만, 내 『행복의 깊이』 네 권을 다 읽어주신 나의 스승 김병익 선생님은 자기 등뒤에 비수를 꽂은 제자의 저서에 최고의 극찬의 편지를 보내주셨다. 나의 『행복의 깊이』 네 권을 읽고 두려움과 공포를 느꼈고, 진정으로 훌륭한 저서의 출간에 진정으로 경의를 표한다는 것이었다.

우리 한국인들이 나의 『행복의 깊이』 네 권의 진가를 알아본다면 대한민국은 미래의 희망이 있게 될 것이다.

천수호
빨간 잠

그녀의 아름다움은 졸음에 있다

빳빳, 헛헛한 날개로 허공을 가린 저 졸음은
겹눈으로 보는 시각視覺의 오랜 습관이다

'아름답다'라는 말의 벼랑 위
붉은 가시 끝이 제 핏줄과 닮아서
잠자리는 잠자코 수혈 받고 있다

링거바늘에 고정된
저 고요한 날개!
잠자리의 불편한 잠은
하마, 꺾이기 쉬운 목을 가졌다

아름다움은 저렇게

알면서도 위태롭게 졸고 싶은 것
등이 붉은, 아주 붉은 현기증이다

오래 흔들린 가지 끝
저기 저 꿈속인양 졸고 있는
등이 붉은 그녀

그녀의 아름다움은 위태로움에 있다

대통령이 전인류의 스승이자 천하무적의 상승장군이며 어진 현자일 때, 우리 한국인들은 이 세상에서 가장 행복한 일등국민이 될 수 있다. 전인류의 스승도 가장 어렵고 힘든 길이고, 천하무적의 상승장군도 가장 어렵고 힘든 길이며, 어진 현자의 길도 가장 어렵고 힘든 길이다. 가장 어렵고 힘든 길은 천길 벼랑끝의 길이며, 그의 삶의 자세는 가장 위태롭기 짝이 없는 예술 자체가 된다.

천수호 시인의 「빨간 잠」은 대단히 아름다운 잠인데, 왜냐하면 "아름답다라는 말의 벼랑 위"의 잠이기 때문이다. 잠자리는 그토록 어렵고 힘든 삶에 지쳐서 잠시 링거를 맞으며 휴식을 취하고 있지만, 그러나 그 잠은 천길 벼랑끝을 두려워하지 않는 날개를 지녔기 때문에 가능한 것이다.

안다는 것은 날개가 있다는 것을 뜻하고, 실천한다

는 것은 앎의 날개를 달고 모든 장애물을 돌파한다는 것이다. 앎은 가장 빠른 새이고, 앎은 불가능을 가능케 하는 새이다. 천수호 시인의 「빨간 잠」은 벼랑끝의 잠이며, 벼랑끝의 잠은 전인류의 스승이자 천하무적의 상승장군의 잠이고, 어진 현자의 잠이라고 할 수가 있다.

지혜의 아름다움, 용기의 아름다움, 실천의 아름다움—. 이 아름다움들은 자기 자신의 목숨을 걸지 않으면 얻을 수가 없고, 지혜가 없는 자는 천길 벼랑끝의 가장 아름답고 달콤한 잠을 잘 수가 없다.

아름다움은 가장 고난도의 예술이며, 최고급의 인식의 제전의 꽃이라고 할 수가 있다.

아아, 당신은, 당신은 어떤 날개를 지녔으며, 과연 당신은 빨간 잠을 잘 수가 있단 말인가?

이승하
식사 후의 대화

아내가 상의 단추를 풀고
오디 같은 유두를
아기의 입에 물린다.
울던 아기, 엄마의 유두를 빨며
비로소 평화로운 얼굴이 된다.

배를 다 채운 보드라운 아기가
아내의 눈을 빤히 쳐다보며
방그레 웃는다.
아내는 부드러운 눈길로 아기와 눈 맞추며
빙그레 웃는다.

아내가 가슴을 여미고
아기에게 말을 건넨다.
"배가 많이 고팠었나 보구나."

아기는 계속 방글방글 미소만 짓는데

"그래 그래, 이제 배가 부르다고?"

하늘은 넓고 푸르고, 바다도 넓고 푸르다. 밤하늘의 별들은 수없이 많고, 달은 초승달과 보름달과 그믐달을 지나 그 운행을 멈출 줄을 모른다. 산도 울울창창하고, 들은 넓고 푸르며 오곡백과가 무르익는다. 산새는 노래를 부르고, 사슴은 풀을 뜯는다. 호랑이 등에서는 토끼가 뛰어놀고, 모든 시냇물에는 젖과 꿀이 넘쳐 흐른다.

어머니는 우주이며, 우주는 최고의 선이다. 최고의 선은 베풂이며, 베풂은 평화이고, 우주는 평화를 연주한다.

어머니가 상의 단추를 풀고 오디 같은 유두를 입에 물리는 우주, 울던 아기가 엄마의 유두를 빨며 비로소 평화로운 얼굴이 되는 우주, 배를 다 채운 아기가 방그레 웃으면 부드러운 눈길로 아기와 눈 맞추는 우주—.

모든 인간들은 엄마의 젖을 더 달라고 칭얼대는 어

린 아기이고, 엄마는 어린 아기의 칭얼댐과 그 다툼을
종식시키는 우주이다.

인간은 어머니—우주의 품에서 영원히 벗어나지 못
한다. 고향은 모천이며, 모천은 젖냄새이고, 우리는 이
젖냄새를 찾아 살다가 죽는다.

평화 속의 아기는 방글방글 웃고, 평화 속의 엄마는
빙그레 웃는다. 방글방글은 더 이상의 욕망이 없는 아
기의 웃음이 되고, 빙그레는 모든 것을 다 준 엄마의
웃음이 된다.

웃음은 행복의 꽃이 되고, 행복은 평화의 꽃이 된다.

시인은 모든 인간들의 어머니와도 같다. 이성과 감
성, 우주와 평화, 사상과 이념, 그리고 단어 하나와 토
씨 하나까지도 다 주고 떠나간다.

이승하 시인의 「식사 후의 대화」는 전설의 이야기가
되고, 전설의 이야기는 언제, 어느 때나 살아 있는 신
화의 이야기가 된다.

이승하 시인의 「식사 후의 대화」는 우주적인 평화를
노래한 시라고 할 수가 있다.

박덕규
나이테

나무의 나이테는
가뭄이 심하거나 추위가 혹독한 날에는
테와 테 사이가 촘촘해진다.
햇빛과 수분이 적당한 시기에는
테 간격도 그만큼 넓어진다.

내 몸 안에서 촘촘하게 원을 그리던 나이테가
날이 갈수록 널널해지는 듯하니
이즈음 내가 제법 호시절이 아닌가 싶다.

이 사이가 벌어져 말할 때마다
바람 빠지는 소리가 나도
뱃살 불어 펑퍼짐한 민둥산이 되는 것도
나쁘지 않다.

숨 가쁘게 오르던 산 중턱쯤
너럭바위 아닌 바윗장 같은 거라도 깔고 앉았다가
산 그림자가 숲을 간질이며 지나가는 걸 보곤 한다.
날아가는 새들의 표정이 보일 때도 있다.

겨울이 오면 나무들은
잔가지 사이에 감추어 왔던 둥지를 드러낸다.
안개와 미세먼지에 휩싸인 도시도
나지막한 깃들이 사방에서 윤곽을 잡아
아직은 너끈한 풍경이 된다.

나를 머물게 하느라
욕설과 싸움으로 거칠어진 내 몸은 이제
무딘 짐승처럼 사람들 사이를 어슬렁거리고 있다.
동심원처럼 퍼져가는 그 물결 위에 누워
나는 하늘에서 구름이 하는 놀이를 보곤 한다.

나이테는 나무를 잘랐을 때 나타나는 둥근 띠모양의 무늬이며, 이 나이테를 통해서 나무의 나이를 알 수 있는 것은 물론, 나무가 살아온 역사를 알 수가 있다. 가뭄이 심하거나 추위가 혹독했던 시절에는 테와 테 사이가 촘촘해지고, 햇빛과 수분이 적당했던 시절에서는 테와 테 사이의 간격도 그만큼 넓어지고 여유가 생긴다. 테와 테 사이가 촘촘하다는 것은 최악의 생존 조건 속에서 살아왔다는 것을 뜻하고, 테와 테 사이가 넓다는 것은 최선의 생존조건 속에서 살아왔다는 것을 뜻한다. 가난의 문화는 없는데, 왜냐하면 생존만이 최우선이기 때문이다. 영양결핍, 질병, 문맹, 과로, 강도, 강간, 살인 등의 범죄는 가난의 토양에서 자라난다. 부유함의 문화는 있는데, 왜냐하면 먹고 사는 문제를 떠나서 삶의 여유를 즐길 수가 있기 때문이다. 영양만점, 학교와 병원, 최적의 근로조건과 치안

질서, 그리고 다양한 취미생활과 놀이문화를 즐길 수가 있기 때문이다.

　박덕규 시인은 「나이테」를 통해서 나무의 역사와 그 문화를 생각해보고, 이제는 어느 정도 삶의 여유가 생긴 자기 자신의 삶을 되돌아 본다. 자기 자신의 존재의 근거를 마련하고 그 근거를 토대로 하여 시를 쓰고 학생들을 가르쳐 온 만큼, "욕설과 싸움으로" 자기 자신의 삶을 성찰하고 돌볼 틈이 없었던 것인지도 모른다. 가난할 때는 부자를 욕하고, 부자일 때는 가난한 자를 욕한다. 가난할 때는 나이테가 촘촘해지고, 부자일 때는 나이테가 그만큼 넓어지고 여유가 생긴다. 요컨대 먹고 살 문제를 떠나 삶에 여유가 생기고 타인들과 다툴 필요가 없으니까 그 모든 것을 너그럽게 바라보게 된다. "이 사이가 벌어져 말할 때마다/ 바람 빠지는 소리가 나도/ 뱃살 불어 펑퍼짐한 민둥산이 되는 것도/ 나쁘지" 않고, "겨울이 오면 나무들은/ 잔가지 사이에 감추어 왔던 둥지를 드러낸다/ 안개와 미세먼지에 휩싸인 도시도/ 나지막한 것들이 사방에서 윤곽을 잡아/ 아직은 너끈한 풍경이 된다."

　호시절이다. 사람과 사람들 사이를 무딘 짐승처럼

어슬렁거려도 좋고, 산중턱쯤에서 너럭바위나 바윗장 같은 거라도 깔고 앉아 하늘의 구름놀이를 지켜보는 것도 좋다. 북미 핵협상이나 저출산-고령화의 문제를 생각해보지 않아도 좋고, 가계부채의 증가와 서민경제파탄의 문제를 무시해버려도 좋다. 한없이 나태하고 게을러도 좋은 호시절―. 하지만, 그러나 박덕규 시인의 호시절은 이빨 빠진 호랑이의 호시절이며, 좋은 때는 다 지나가고 어느덧 쓸모없는 노인이 되어가는 호시절에 지나지 않는다.

오오, 대학교수이자 시인인 박덕규여, 당신은 그 어디에다가 집을 짓고 어떻게 살아왔는가? 만인의 반대 방향에서 끊임없이 연구하고 사상과 이론을 정립해왔던가?

만일 그렇다면 당신은 전인류의 스승이며, 이 세상에서 가장 행복한 사람일 수도 있을 것이다.

권예자

죽은 자의 랩

낡은 소나타로 뻥 뚫린 길을 간다
끼어들기 속도위반 보복운전이 없는
고속도로를 달린다
입에 거품을 물고 주먹질하며
앞서려는 운전자도 보이지 않는다

그 많던 차들은 다 어디로 갔을까
그 많던 사람들은 또 어디로 갔을까
거치적거리는 것 없는 세상
일어날 수 없는 일이 일어난 것이다

주공 아파트 14층 13호
엘리베이터서 내렸지만 반겨줄 가족이 없다
TV는 꿀 먹은 벙어리
그 많던 사건 사고들은 일어나지 않았다

붉은 머리띠에 복면한 열혈간부
주먹을 흔들며 독설을 뱉던 입술도 없다
물대포만 좍좍 물을 뿜는다

소음 같던 음악 채널도 잠잠하다
음표는 소리를 잃고 허공을 떠다니고
맞춤 막춤 스포츠댄스도 구성되지 않았다
앞동 뒷동에도 사람 하나 어른거리지 않는다
아니꼽고 메스껍던 그들은 사라졌다

드디어 찾아온 내가 꿈꾸던 세상
그런데 무섭다
흑백의 침묵이 무. 섭. 다.
나는 이미 금지된 선을 넘은 것인가
내 몸이 만져지지 않는다

이 세상에서 가장 고귀하고 위대한 삶은 만인들의 반대방향에서 자기 자신의 길을 가며, 자기 자신의 언어로 말하고 글을 쓰며, 자기 자신의 행복을 연주하는 것이라고 할 수가 있다. 만인들처럼 살지 않고 자기 자신의 삶을 산다는 것, 만인들의 말과 의견을 경청하지 않고 자기 스스로 판단하고 가치평가한다는 것, 만인들의 존경과 찬양을 거절하고 자기 자신을 한없이 끌어올리며 자유로운 삶을 산다는 것은 모든 인간들의 소망일 수도 있다. 개성과 독창성, 새로운 사상과 이론의 정립, 자유와 평화와 행복은 이 세상에서 단 하나뿐인 고귀하고 위대한 삶을 산 사람들의 업적일 수도 있다.

하지만, 그러나 고귀하고 위대한 사람들 역시도 이 사회를 완전히 떠나 산 것은 아닌데, 왜냐하면 그들 역시도 의식주 문제는 물론, 타인들의 도움없이는 살아갈 수가 없었기 때문이다. 그들의 말과 행동도 사회적인 획득물이며, 비록 그들이 만인들의 반대방향에서 살다 간 것처럼 보일지라도 그것은 어디까지나 그가 소속된 국가와 사회와 종교와 민족의 범주 속에서일 뿐이었던 것이다. 그들이 전인류의 스승이라는 왕관을 쓰고, 아직도 우리 인간들이 어렵고 힘들 때마다 고귀하고 위대한 인도자가 되어주고 있다는 것이 그것을 말해준다. 모래는 모래끼리, 진흙은 진흙끼리 무리를 이루고, 꿀벌은 꿀벌끼리, 나무는 나무끼리 무리를 이룬다. 새들은 새들끼리, 풀벌레는 풀벌레끼리 무리를 이루고, 고래는 고래끼리, 인간은 인간끼리 무리를 이룬다. 어느 누구도 사회를 떠나서는 살 수가 없고, 이것이 사회학의 기초가 된다. 고귀하고 위대한 삶을 산 전인류의 스승들은 만인들의 반대방향에서 그토록 어렵고 힘든 혼자만의 삶을 살고, 그리고 그 결과로서 그 위대한 업적, 즉, 전인류의 귀감이 되는 사회적 성과를 낼 수밖에 없었던 것이다.

이 세상에서 가장 무서운 것은 죽는다는 것이고, 그 다음으로 무서운 것은 혼자 산다는 것이다. 우리는 죽음 앞에서 영원한 어린아이에 지나지 않으며, 혼자 산다는 것은 죽음의 신 앞에 바쳐진 제물이라고 할 수가 있다. 만일 죽음이 두렵지 않다면 어느 누구도 살려고 하지 않을 것이고, 만일 어느 누구도 살려고 하지 않는다면 이 세상의 삶 자체가 없어지게 될 것이다. 산다는 것은 무서운 것이고, 무서운 것은 죽는다는 것이다. 이 죽음에 대한 무서움이 있기 때문에 우리 인간들은 그토록 악착같이 살려고 하는 것이고, 이 삶에의 의지가 있기 때문에 너와 내가 손에 손을 잡고 무리를 이루려고 하는 것이다. 혼자라는 것은 무리로부터의 이탈이며, 죽음의 신 앞에 바쳐진 제물일 수밖에 없다. 할아버지와 아버지도 없고, 엄마와 누나도 없다. 오빠와 동생도 없고, 친구와 이웃도 없다. 자유는 공포가 되고, 공포가 자유의 목을 비틀어버린다. 목 비틀린 자유가 단말마의 비명 소리를 내면 혼자라는 영웅이 쓰러지고, 혼자라는 영웅이 쓰러지면 「죽은 자의 랩」이 울려퍼진다.

낡은 소나타로 뻥 뚫린 길을 가고, 속도위반과 보복운전이 없는 고속도로를 달린다. 입에 게거품을 물고 주먹질 하는 사람도 없고, 앞서려는 운전자도, 그 많던 차들도 없다. 주공아파트 14층 13호 엘리베이터에서 내렸지만, 반겨줄 가족도 없고, 그 많던 사건 사고들도 일어나지 않는다. 붉은 머리띠에 복면한 열혈간부도 없고, 주먹을 흔들며 독설을 뱉던 입술도 없다. 소음같던 음악채널도 잠잠하고, 말춤, 막춤, 스포츠댄스도 구성되지 않는다.

　나는 만인들 속에서 나 자신을 잃어버리고, 나는 늘나 자신을 꿈꾸어 왔다. 나 자신은 혼자이고, 혼자는고귀하고 위대하다. 혼자는 자유이고, 평화이며, 혼자는 행복의 초상이다. 하지만, 그러나 내가 꿈꾸던 세상은 내가 꿈꾸던 세상이 아니었고, 흑백의 침묵이 더욱더 무서웠다. 흑백의 침묵은 권예자 시인의 「죽은 자의 랩」의 진수이며, 노래가 될 수 없는 노래라고 할 수가 있다.

　혼자라는 높이는 얼마나 되는 것이고, 혼자라는 깊이는 얼마나 되는 것일까? 혼자라는 넓이는 얼마나 넓은 것이고, 혼자라는 크기는 얼마나 큰것일까? 혼자라는 높이도 무한하고, 혼자라는 깊이도 무한하다. 혼자라는 넓이도 무한하고, 혼자라는 크기도 무한하다. 혼자가 혼자를 폭발시키며, 혼자라는 세상을 창조하고, 이 혼자라는 대폭발이 새로운 우주를 창출해낸다.

　현대사회는 사회성이 거세된 사회이며, 혼자라는 유령들이 '혼자라는 유령들을 위한 노래'를 부른다.

이름하여 「죽은 자의 랩」이고, 흑백의 침묵으로 그 공포스러운 목소리를 울려퍼지게 한다.

혼자, 혼자라는 삶, 혼자라는 유령들의 사회―.

말세다. 참으로 무섭고 끔찍한 사회라고 할 수가 있다.

고재종
화관

큰아들처럼 벼슬이 높은 맨드라미꽃이다
딸내미들처럼 화사한 다알리아다
운명에 간 막내가 좋아한 자줏빛 과꽃이다
아무리 봐도 처녀 적 꿈은 매혹적인 천일홍 같다
영감 죽고 나서 애면글면 가꾸어 온 꽃길에서
망백의 할머니는 안 먹어도 배가 불러서

그 쭈그렁 신수가 활연 펴지는 웃음이다
그것이 이미 천국에 닿아 있는 웃음이다

📖

이 세상에서 가장 고귀하고 위대한 것은 운명에 대한 사랑이며, 그것은 사랑의 꽃을 피우는 일이다. 사랑의 꽃은 가장 아름답고 찬란하고, 이 사랑의 꽃에 의해서 모든 만물이 태어났고, 이 우주가 탄생했다.

큰아들처럼 벼슬이 높은 맨드라미꽃, 딸내미들처럼 화사한 다알리아, 운명에 간 막내가 좋아한 자줏빛 과꽃, 아무리 봐도 처녀 적 꿈같은 천일홍—. 모든 꽃은 사랑의 꽃이며, 이 사랑의 꽃은 삶의 절정이며, 삶의 환희이다. 사랑의 꽃 향기는 천리, 만리를 가고, 그 축제는 수많은 벌과 나비들이 몰려온다.

인생은 사랑의 꽃길이고, 백살을 눈 앞에 둔 망백의 할머니는 "영감 죽고 나서 애면글면 가꾸어 온 꽃길에서" 밥을 먹지 않아도 배가 부르다. 쭈그렁 신수가 활짝 펴지는 사랑의 꽃, 이 사랑의 꽃으로 만든 '화관'을 쓰면 이미 천국에 가닿아 있는 것이나 마찬가지이다.

고재종 시인의 「화관」은 서정시의 진수이며, 바슐라르의 말대로, 세계의 열림이며, 세계에로의 초대이다. 모든 만고풍상의 아픔들이 다 달아나고, 시의 향기가 천리, 만리 퍼져나간다.

  고통은 짧고, 천국의 삶은 영원하다.

  화관은 노년의 꽃다발이자 천국의 꽃다발이다.

강해림
지뢰
　　— 두타연 가는 길*

전쟁과 평화
고요와 불안은 암수 홑몸인
자웅동체였으니

내 안의 전쟁과 평화
고요와 불안으로 개화하는

발목이며 머리통, 여차하면 목숨까지 넝마로 날려
버리고
　폭발하듯
　꽃 피는 거 순간이야

불특정다수를 향한
살의를 고요로 위장한
섬뜩한,

십년이고 이십년이고

낮인지 밤인지 분간할 수도 없는 어둠의 동의반복에
젖어 살다보면

눈귀도 생기고 숨도 붙는 거라

철조망을 사이에 두고

이쪽

저쪽

이데올로기의 똥구녕을 핥으며 꼬릴 흔드는 개처럼

컹컹 짖을 수도

혁명 전야를

선언할 수도 없지만

나는 위기의 꽃

매순간 일촉즉발의

위기를 사는

공포의

아름다운 얼굴을

누가 여기 심었을까?

* 50여 년 동안 민간인 출입 통제구역이었으며 금강산 가는 길목이
  기도 함.

지뢰는 지면 바로 밑에 묻는 용기폭약이며, 지뢰 위를 지나가는 차량이나 군인들의 무게로 폭발할 수도 있고, 시한장치나 원격장치로 폭발할 수도 있다. 대인지뢰와 전차지뢰도 있으며, 제1차 세계대전과 제2차 세계대전 때 그 악명을 떨친 바가 있으며, 인간이 만든 가장 더러운 무기 중의 하나라고 할 수가 있다. 제2차 세계대전 이후 일제가 물러가고 미국과 소련이 남북을 분할하여 강점을 했고, 비록 한국전쟁을 거쳤지만, 그러나 이 한국전쟁은 남북통일은커녕 동족상잔의 상처만을 남겼다고해도 과언이 아니다.

한마음– 한뜻, 즉, '우리 민족끼리'의 남북통일의 꿈은 더욱더 요원해졌고, 휴전선을 경계로 하여 남과 북이 군사적 대치를 할 수밖에 없었다. 부모형제와 일가친척과의 만남은커녕, 남북교류도 할 수가 없게 되었고, 남한을 강점한 미제국주의의 명령에 따라 휴전선

이북과 휴전선 이남은 곳곳이 지뢰밭이 될 수밖에 없었던 것이다. 강해림 시인의 말대로, 지뢰는 전쟁과 평화, 고요와 불안이 한몸인 자웅동체이며, 여차하면 발목과 머리통과 목숨까지도 넝마로 날려버릴 수 있는 폭발력을 지녔다. 지뢰는 "불특정다수를 향한/ 살의를 고요로 위장한/ 섬뜩한" 무기이며, "이데올로기의 똥구녕을 핥으며 꼬릴 흔드는 개처럼/ 컹컹 짖을 수도/ 혁명 전야를/ 선언할 수도 없지만" 가장 강력하고 더러운 "위기의 꽃"이라고 할 수가 있다.

만일, 그렇다면 "매순간 일촉즉발의/ 위기를 사는/ 공포의/ 아름다운 얼굴을// 누가 여기에 심었"던 것일까? 마피아 두목과 총사령관, 또는 대통령과 황제는 명령하기 위해 태어났지 복종하기 위해 태어난 사람들이 아니다. 그들은 그들의 총명한 두뇌와 어떤 사건과 현상을 정확하게 파악하고 해결할 수 있는 지혜를 지녔고, 또한, 그들은 그 어떠한 적들도 단번에 제압할 수 있는 용기와 힘을 지녔다. 이 마피아 두목과 총사령관, 또는 대통령과 황제는 언제, 어느 때나 제 손에 피를 묻히기를 싫어하지만, 그러나 그들은 그들의 눈앞의 이익과 그 목적을 위하여 언제, 어느 때나 전쟁의 명분을 만들고 타인과 이웃국가의 영토를 빼앗고 대량 살생을 명령할 수 있는 권한을 가졌다. 북한의 주민들도 우리 동포들이고, 남한의 주민들도 우리 동포들이다. 동일한 언어와 동일한 역사, 동일한 국토와 동일한 전통을 지닌 우리의 조국에다가 대규모적인 지뢰를 매설하도록 강제한 자는 미제국주의일 수밖에 없다. 한반도는 동북아 지역에서 미제국주의의 보물섬과도 같은 땅이며, 이 보물들을 빼앗고 약탈하기 위해서는 끊임없이 남북대치와 분쟁을 조성해야 하고, 이 분쟁을 틈타 대량살생무기를 판매하는 것은 물론, 그 모든 이익을 챙겨가는 것이 그들의 식민통치의 목적이라고 할 수가 있다. 남북분단을 강요하고 휴전선을 만들고, 그토록 더러운 지뢰를 매설하도록 강요한 것은 미제국주의자들이라고 할 수가 있지만, 그러나 따지고 보면, 미제국주의의 식민통치를 받아들이고, 그토록 더러운 지뢰를 매설한 것은 우리 한국인들이라고 할 수가 있다.

자기 땅과 자기 영토는 누가 지켜야 하는 것이고, 자기 역사와 자기 전통은 누가 지켜야 하는 것인가? 일본이라는 늑대를 몰아내고, 미국이라는 호랑이가 나타난 것이다. 아무튼, 어쨌든, 자기 땅과 자기 영토를 지키지 못한 것도 우리 한국인들이고, 자기 역사와 자기 전통을 지키지 못한 것도 우리 한국인들이다. 약한 자는 강한 자를 위해 살아야 하고, 약한 국가는 강대국을 위해 살아야 한다는 것—, 바로 이것이 자연의 법칙이기도 한 것이다. 휴전선 이남과 휴전선 이북에 지뢰를 매설하도록 강요받은 것도 우리 한국인들이고, 미제국주의의 명령에 따라 지뢰를 매설한 것도 우리 한국인들이다. 우리 한국인들의 못남은 앎의 투쟁에서의 패배이며, 앎의 투쟁에서의 패배는 세계적인 질서와 전체를 인식하지 못하고, '우물 안의 개구리식의 사색당쟁'만을 연출해내게 된다. 사색당쟁은 국가의 이익을 돌보지 못하는 부정부패를 낳고, 부정부패는 싸움 한 번 해보지도 못하고 나라를 빼앗기는 치명적인 실수만을 되풀이 하게 된다. 동생은 형을 욕하고, 형은 동생을 욕하며, 그토록 더럽고 추한 동족상잔의 지뢰밭을 가꾼다.

과학자는 생명 없는 사물을 만들지만, 정치지도자는 선진국민을 창출해낸다. 그의 통치술은 백전백승의 전략이며, 최고급의 지혜라고 할 수가 있다. 한국인이 사색당쟁을 한다는 것은 국가의 목표가 없기 때문이며,

사색당쟁은 국가의 이익보다는 개인의 이익 때문에 생겨난다. 따라서 정치지도자는 국가의 목표를 정하고, 이 목표 아래 모든 국민들을 단결시키며, 그 어떤 장애물이나 외세의 침략도 물리쳐야 한다는 것을 뜻한다. 우리 한국인들이 지난 70여년 동안 이민족, 즉, 미제국주의의 식민지배에서 벗어나지 못하는 것은 앎의 투쟁에서 패배를 하고 최고급의 두뇌를 양성하지 못했기 때문이다.

하버드대 교수법이 아닌 서울대 교수법, 독서중심의 글쓰기 교육이 아닌 주입식 암기교육을 받게 되면, 그 국민들은 모두가 돌대가리가 되고, 삼천리 금수강산이 그토록 더럽고 추한 지뢰밭이 된다.

대통령, 국회의장, 대법원장, 대학교수, 우리 한국인들―, 이 돌대가리들이 이민족의 명령에 따라 삼천리 금수강산에다가 오늘도, 지금 이 순간에도 지뢰를 매설한다.

이대흠

뤼순감옥에서 보내는 안중근의 편지 1
— 나는 그날 봄을 쏘았다

나는 총을 쏜 것이 아니라 꽃을 쏘았다
1909년 10월 26일 나는 평화를 쏘았다
1909년 10월 26일 하얼빈에서 나는 자유를 쏘았다

한 발의 자유로 억압을 죽이려 했다
한 발의 평화로 제국주의를 쓰러뜨리고
한 발의 독립으로 일제의 침략을 막으려 했다

그날 내가 하얼빈에서 쏜 총알은 사람을 죽이는 무기가 아니었다
죽음을 죽이는 삶의 숨결이었다
제국주의의 가슴에 쏜 평화의 씨앗이었다
모든 나라마다 누구나의 가슴마다 싹 터야할 독립이었다
자유였다

평화였다
나는 한 발의 자유
또 한 발의 평화
다시 또 한 발의 사랑을 쏘았다

자유
자유
자유
나는 꽃을 쏘았다

총칼로 뒤덮인 나의 조국에 빛을 쏘았다
제국의 칼바람에 벌벌 떨고 있는 이천만 동포의 가
슴 속에 독립을 쏘았다
비굴한 자의 가슴에 양심을 쏘았다

1909년 10월 26일 나는 하얼빈에서
서울로 부산으로 공주로 대구로
장흥으로 제주도로

얼어붙은 내 나라

온 사람 온 땅에 사랑을 쏘았다
사랑과 자유와 평화를 억압하는
철판 같은 겨울을 향해
봄을 쏘았다

인간은 사회적 동물이고, 이 사회적 동물들은 너무나도 분명한 서열제도를 갖고 있다. 가정, 학교, 단체, 군대, 정당, 국가들이 그것이며, 이 조직의 최정점에는 국가가 있는 것이다. 인간의 사회에서 국가만큼 중요하고 이상적인 조직은 없으며, 어떠한 국가에서 태어나느냐에 따라서 그의 운명이 좌우된다고 할 수가 있다. 강대국에서 태어난 자는 그 국가의 힘에 의해서 선진시민이 되고, 약소국가에서 태어난 자는 그 국가의 힘에 의해서 노예의 운명을 벗어날 수가 없다. 국가와 국가 사이는 언제, 어느 때나 적대관계인데, 왜냐하면 국가란 전투체제로 편성된 강도집단이며, 필요한 것은 빼앗고 착취하는 약육강식의 법칙으로 되어 있기 때문이다.

만일, 그렇다면 진정한 강대국, 즉, 영원한 제국은 어떻게 해서 건설할 수가 있단 말인가? 첫 번째는 전인류의 스승과도 같은 정치지도자가 있어야 하고, 두 번째는 사회의 안전과 국가의 기강을 바로 잡을 수 있는 법률이 있어야 하고, 그리고 세 번째로는 늘, 항상, 국가를 사랑하며 서로간에 믿고 신뢰할 수 있는 선량한 국민들이 있어야 한다. 정치지도자는 국가와 민족을 위해 자기 자신의 몸을 바치지 않으면 안 되고, 수많은 분쟁들을 해결하며 언제, 어느 때나 민심과 국력을 결집시킬 수 있어야 한다. 영원한 제국의 법률은 공명정대해야 하며, 최소한의 법률을 가지고 어느 누구도 예외없이 준엄한 심판이 되지 않으면 안 된다. 영원한 제국의 국민은 모두가 다같이 모범시민이 되지 않으면 안 되고, 늘, 항상 국정의 운영과 법률의 운영을 잘하고 있는지 감시를 하지 않으면 안 된다. 전인류의 스승과도 같은 정치지도자, 영원한 제국의 황금의 법률, 스스로 도덕왕국의 입법적 국민으로 구성된 국가가 가장 좋은 국가이며, 이 영원한 제국을 건설하기 위해서는 가장 훌륭한 교육제도를 통해서 백만두뇌를 양성해내지 않으면 안 된다. 최고의 승리는 싸우지 않고 이기는 것이며, 이 지혜싸움은 가장 훌륭한 백만두뇌에 의해서 수행되지 않으면 안 된다. 모든 전쟁은 전부, 아

니면 전무, 즉, '승자독식구조'로 되어 있으며, 승전국
가의 국민은 주인이 되고, 패전국가의 국민은 노예가
된다. 노예는 생명있는 도구에 지나지 않으며, 언제,
어느 때나 개같이 학대를 받게 된다. 우리 한국인들은
일제에 의하여 나라를 빼앗기고 사할린으로, 남양군도
로, 하와이로, 멕시코로, 중앙아시아의 노예로 팔려나
갔던 것처럼 나라를 빼앗긴 국민은 더 이상 인간일 수
가 없는 것이다.

이대흠 시인의 「뤼순감옥에서 보내는 안중근의 편지
1」을 읽으면서 잠시잠깐 영원한 제국과 그 국민을 생
각해보았다. 안중근 의사는 진정한 애국자이며, 자기
자신의 목숨을 걸고 1909년 10월 26일 하얼빈에서 불
구대천의 원수인 이토우 히로부미를 사살하고 1910년
뤼순감옥에서 순국한 바가 있다. 그의 한 발의 총은 자
유이고, 평화이고, 사랑이며, 조국의 독립을 위한 것이
었지만, 그러나 그의 의거는 우리 한국인으로서는 최
후의 발악과도 같은 것이었다. 하지만, 그러나 거대한
제국을 건설한 일본이 그 한 발의 총성으로 무너질 리
는 없었고, 자유와 평화와 사랑은 공허한 구호에 지나
지 않았다. 자유와 평화와 사랑은 전국민이 그것을 더

없이 소중하게 생각하고 그것을 지킬만한 힘이 있어야 되는 것이지, 그저 공허한 구호와 한 발의 총성으로 이룩되는 것이 아니다. 자유와 평화와 사랑은 일등국가와 일등국민의 힘이 있어야 하고, 이 영원한 제국이 그 어떠한 외세와 그 침략자도 물리칠 수 있는 국민을 거느릴 수 있어야만 했던 것이다. 이제는 일제가 물러가고 지난 70년 동안 남한을 강점해온 미제국주의를 향하여 지혜의 총과 사랑의 총을 쏠 때가 되었다. 미국은 미국의 이익을 위해 존재하는 강도집단이지, 우리 한국인들과 우리 대한민국의 영광을 위해 존재하는 것이 아니다. "내가 승인하지 않으면 남북교류 못한다"는 트럼프의 머리와 심장을 향해 전인류의 스승과도 같은 정치지도자들을 양성하고, 도덕왕국의 입법국민같은 법치제도와 이 세상에서 가장 우수하고 청렴한 모범시민을 양성하고, 이 국가의 힘으로 미제국주의자들을 몰아내지 않으면 안 된다.

안중근, 안중근, 안중근 의사와도 같은 전국민이 필요하고, 눈앞의 이익을 멀리하고 언제, 어느 때나 조국과 민족을 사랑하는 애국심이 필요하다. 기초생활질서를 지키고 부정부패를 발본색원하고, "얼어붙은

내 나라/ 온 사람 온 땅에" 지혜의 총과 사랑의 총을
쏠 때가 되었다. 하루바삐 세계일등국가와 세계일등
국민이 되어, 자유와 평화와 사랑의 전사가 되지 않으
면 안 된다.

엄재국
장미여행 2

몸 붉은 장미는 피어날수록 자기규정에 밝다

빛깔과 향기는
스스로의 혼돈의, 합리화의 결과물이다

빛깔과 향기를 적절히 침범하는 가시는
자유에의 확장의 한계다

꽃은 꽃에 대하여, 꽃에 의하여
꽃에 지쳐서 꽃이다

빛깔과 가시 사이의 격렬함이
높은 값에 소비되는 세상

투쟁의 시장 한쪽에 켜지는,

깊이가 밝은 어둠은 더 없이 값지다

세상에 나가
누군가에 상처주고 돌아와 누운 밤
이 환한 꽃잎 속에 나는 어디쯤 닿았는지

향기가 칼날 같다

엄재국 시인의 「장미여행 2」는 대단히 철학적이며, 이 세상의 단순한 정평定評을 거부하고, 장미가 되어 장미의 존재론적 성찰을 보여준다. "빛깔과 향기를 적절히 침범하는 가시는/ 자유에의 확장의 한계다"라는 시구가 그것을 말해주고, "꽃은 꽃에 대하여, 꽃에 의하여/ 꽃에 지쳐서 꽃이다"라는 시구가 그것을 말해준다. 장미는 더욱더 아름다워지기 위하여 가시와 싸우지만, 그러나 가시와의 싸움에서 장미는 지고 만다. 가시는 장미의 빛깔과 향기의 영역을 적절히 침범하고, 장미는 그의 자유에의 의지를 상실한 채 자기 자신의 이상적인 꽃의 한계에 부딪친다. 이 좌절, 이 회한, 이 상처가 붉디 붉은 장미가 되고, 대단히 이상한 역설처럼 그 싸움의 격렬함이 그 꽃의 가치를 보장해준다. "꽃은 꽃에 대하여, 꽃에 의하여/ 꽃에 지쳐서 꽃"이지만, 그러나 "빛깔과 가시 사이의 격렬함이/ 높은 값에 소비"된다. 투쟁은 만물의 아버지이고, 최종적인 패배자는 장미이지만, 그러나 이 최종적인 패배의 상징인 장미가 더욱더 아름답고 더욱더 잘 팔려나간다.

장미는 고귀하고 위대한 꿈을 꾸는 시인이며, 이 고귀하고 위대한 꿈을 위하여 그의 모든 열정과 의지와 자기 자신의 목숨까지도 이 세상의 가시밭길로 몰아넣는 시인이다. 모든 것이 전도되고, 장미는 진정한 장미꽃을 피우기 위하여 자기 자신의 몸에다가 가시나무를 심는다. 언제, 어느 때나 자기 자신의 몸에 가시나무를 심으면서 장미의 빛깔과 향기의 영역을 적절히 침범하고, 자기 자신의 자유에의 의지를 구속한다. 자기 스스로 자기 몸에다가 가시나무를 심는다는 것은 마비된 의식을 일깨우며, 자기 자신의 무사안일함과 나태함을 잠재우고, 진정한 장미꽃으로 피어나기 위한 꿈과 그 열정에 지나지 않았던 것이다.

이 세상의 어중이 떠중이들은 장미가 아름답다고 말하지만, 장미는 언제, 어느 때나 지쳐있고, 이 세상의 어중이 떠중이들은 장미꽃이 향기롭다고 말하지만, 장미는 그 향기가 칼날같다. 엄재국 시인은 장미의 이상과 장미의 싸움과 장미의 패배를 그 존재론적 성찰을 통하여 인식하고, '장미의 시인'으로서 "세상에 나가/ 누군가에 상처주고 돌아와 누운 밤/ 이 환한 꽃잎 속에 나는 어디쯤 닿았는지"라고 자기 자신의 성과와 그 한계를 성찰한다.

장미는 예술이고, 예술은 꽃이고, 꽃은 붉디 붉은 피이다. 세상의 모든 가시를 뚫고 나아가려는 고귀하고 위대한 꿈과 그 상처—. 장미와 예술(시)은 붉디 붉은 피이고, 그 향기는 칼날이고, 이 칼날이 수많은 시인들의 목을 베어버린다. 모든 꽃은 상처이고, 꽃이 만개하면 이윽고 시든다. 그 향기가 칼날같다.

시인은 언제, 어느 때나 자기 자신의 몸에다가 가시나무를 심고, 그 붉디 붉은 피로 한 편의 시를 꽃 피운다. 언어로 쓴 시가 아니라 붉디 붉은 피로 쓴 시, 예술이 아니라 예술품 자체가 된 인간, 바로 이것이 시의 순교인 것이다.

아름다운 한 편의 시를 위해 자기 자신의 가슴 속에다가 가시나무를 심는다는 자부심, 이 가시나무숲을 헤치지 않고는 그 어떤 벌과 나비도 접근할 수 없게 하는 예술가의 엄격함, 자기 자신을 꽃보다 먼저 시들게

하고 그 칼날같은 향기에 쓰러지는 예술가의 순교정
신—. 아름다움은 이데아이고, 환영이며, 엄재국 시인
의 '장미여행'은 순교자의 그토록 거룩하고 처절한 꽃
이라고 할 수가 있다.

이주남
알것다, 산길 가랑잎

산길은 가랑잎으로 융단을 깔았다.

가랑잎 느낌이 부드럽고 사랑스러워, 눈길주니 내게
와 귓속말을 건넨다. 노랑잎 노랑말씀을, 빨강잎은 빨
강말씀을, 가랑소리 한 잎 한 잎 노랫말 실려있어, 그
사연 한 잎씩을 다려서 새겨본다.

한여름 진초록빛 물들였던 숲속가락, 글읽는 나뭇그
늘 가람매미 사랑가사, 온누리 바둑판째 벌려놓고 장
군명군, 날 보고 하늘이치로 고름매란 말씀이다.

무슨 빛깔 옷해입고 새철맞이 해야는가, 어떤 빛깔
가랑잎 지으면서 잠이 들지, 끝자락녘 꼬부랑길은 어
디메로 내얄지를.

알것다, 山門에 홀로 선 알몸, 가랑불에 사타릴 열
었다.

시조는 양반중심의 문학이고, 초장, 중장, 종장의 형식을 중요시 하고, 사설시조는 서민중심의 문학이며, 자유로운 형식을 중요시 한다. 오늘날은 시조가 문학의 변방으로 밀려났고, 이제는 시조를 쓰는 시인들마저도 대부분이 자유로운 형식을 선호한다. 시조와 사설시조를 구분하는 방법은 시조는 아주 짧고 간결하며 대부분이 시인의 내면의 독백에 머물 때가 많지만, 사설시조는 기승전결의 극적인 구조를 통하여 그 이야기를 전개시켜 나가고 있다는 점일 것이다. 우리 말과 우리 말가락으로 언어의 유희를 통해 풍자와 해학을 선보일 수도 있고, 이 세상의 삶을 옹호하고 찬양하는 찬가를 선보일 수도 있다. 언어영역의 확대는 세계영역의 확대이며, 세계영역의 확대는 자아의 발전사가 세계의 형성사가 될 수도 있다. 언어는 그 주체자와 민족의 생명이며, 자기 민족의 언어를 얼마나 아름답고 풍요롭게 발전시켰느냐에 따라서 그 민족과 국가의 흥망성쇠를 알 수가 있는 것이다. 언어는 세계를 창조하고, 언어는 우주를 창조한다. 언어는 수많은 동식물과 별들을 창조하고, 언어는 모든 가치를 창조하며, 모든 가치들을 전복시킨다. 언어는 사랑과 미움을 창출해내고, 언어는 명령하는 자와 복종하는 자의 서열제도를 창출해낸다. 시인의 사명은 언어를 갈고 닦는 것이며, 이 언어를 통해서 전통과 역사는 물론, 우리 한국어의 영광과 우리 한국인들의 영광을 창출해내는 것이다. 시인은 모국어 속에서만 존재할 수 있으며, 이러한 점에서 있어서 한국문학의 정수인 시조의 중요성은 더욱더 크다고 하지 않을 수가 없다.

이주남 시인은 「낙엽조차 아름다운 가을」, 「아픈 만큼 싹튼 봄빛」, 「힘못」, 「은하 別曲」, 「狂婦日記」, 「우리들의 할머니에게」, 「조선의 핏물역사」, 「마리산 다녀오는 길」 등을 통해서 우리 말과 우리 말가락의 아름다움을 선보인 바가 있지만, 나는 또다시 이주남 시인의 「알것다, 산길 가랑잎」을 읽으면서, 우리 말과 우리 말가락의 아름다움에 재삼-재사 감탄을 쏟아내지 않을수가 없었다. 언어를 갈고 닦는 절차탁마의 시인 정신

의 승리이며, 이 고통의 생산성을 통해서 그 어느 누구
도 흉내낼 수 없는 한국어의 아름다움의 승리라고 할
수가 있다. 바슐라르의 말대로, 세계의 열림이고, 세계
로의 초대이며, 그토록 아름답고 멋진 감동의 무대라
고 하지 않을 수가 없다.

　시는 시인을 위해서 가랑잎으로 융단을 깔았다. 가
랑잎은 느낌이 부드럽고 사랑스럽고, 가랑잎들은 저마
다 시인에게 다가와 귓속말을 건넨다. 노랑잎은 노랑
말씀을, 빨강잎은 빨강말씀을 전하고, 가랑소리 한 잎
한 잎에는 그 사연이 있어 시인은 그 말씀들을, 그 노
래들을 곱씹어 다시 생각해 본다. 한여름 진초록빛 물
들였던 숲속가락이고, 글 읽는 나뭇그늘 가람매미 사
랑가사를 노래했던 숲속가락이다. 온누리를 바둑판째
(장기판째) 벌려놓고 장군멍군, 시인을 보고 하늘이치
로 옷고름을 매라고 한다. 노랑잎, 빨강잎, 산길 가랑
잎 속에서 새해 무슨 빛깔 옷 해입고, 새철을 맞이해야
하며, 인생의 끝자락녘, 그 꼬부랑길은 어디로 내야할
지가 이 산책의 중심 과제라고 할 수가 있다.

　　알것다, 山門에 홀로 선 알몸, 가랑불에 사타릴 열었

다.

이주남 시인의 「알것다, 산길 가랑잎」은 사물과의 대화이며 자연과의 대화이고, 아름답고 멋진 우주와의 대화이다.

산문에 홀로 선 알몸은 모든 것을 다 비운다는 것이고, 가랑불에 사타릴 열었다는 것은 대자연의 자궁이 열리듯이, 그 모든 것을 다 받아들인다는 것이다.

알몸은 비운다는 것이고, 비운다는 것은 산길 가랑잎처럼 수많은 당신들을 위해 사랑의 융단을 깐다는 것이다.

「알것다, 산길 가랑잎」은 언어의 승리이고, 이주남 시인의 세계로의 초대가 언어의 융단으로 깔린 것이다.

정재규
위하여

우리는 살아오는 동안
참 많이도 위하여, 라는 말을 사용했지

건강을 위하여
가정을 위하여
사랑을 위하여
행복을 위하여
더 나은 내일을 위하여
……위하여

하여튼 위하여, 는 무조건 주는 거였어
어떤 대가도 지불하지 않아도 되었고
말로만 해도 행운을 가져 오는 거였지

어렵지 않게 나오는 말이고

누구나 쉽게 내뱉는 말이기도 하여
저절로 편안하고 얼굴에 웃음기가 감도는 말이었지

그러므로
힘든 일이 있어도
슬픈 일이 있어도
위하여, 하고 크게 외쳐보면
세상은 더 밝은 모습으로
우리들 앞에 의기양양하게 나타날 거야

자, 다시 한 번 큰 소리로 외쳐 보자
위하여, 위, 하, 여,

＊

　미국인은 미국정신(사상)으로 천년 왕국을 꿈꾸고, 일본인은 일본정신으로 천년 왕국을 꿈꾼다. 독일인은 독일정신으로 천년 왕국을 꿈꾸고, 중국인은 중국정신으로 천년 왕국을 꿈꾼다. 천년 왕국은 영원한 제국이고, 이 제국의 기초가 되는 것은 민족주의(민족정신)라고 할 수가 있다. 어느 시대, 어느 나라 사람이라고 할지라도 그가 속한 국가가 영원한 제국이 된다는 것을 반대했던 사람은 단 한 명도 없다. 제국주의는 민족주의이고, 민족주의는 사상과 이념이며, 이 사상과 이념은 제국의 목표가 된다. 요컨대 영원한 제국이란 무엇이고, 영원한 제국의 국민의 자격이란 무엇인가가 그 목표 속에는 들어 있는 것이다.

　영원한 제국이란 모든 국가들을 다 거느리고 있는 국가이며, 그 국민들은 도덕왕국의 입법적 국민들임을 뜻하게 된다. 영원한 제국이 목표가 되면 모든 국민들은 자기 자신을 버리고 민심과 국력을 결집시키는데 최선의 노력을 다하지 않으면 안 된다. 유태인 한 사람의 영광은 유태인 전체의 영광이고, 유태인 한 사람의 잘못은 유태인 전체의 치욕이라는『탈무드』의 말이 있다. 국민과 국민, 단체와 단체, 정당과 정당 등의 대립과 갈등을 조정하며, 그 어떠한 싸움이나 내분도 물리치고 일치단결할 수 있는 민족정신이『탈무드』에는 각인되어 있는 것이다. 민족정신은 목표이고, 단결이며, 그 도덕성이라고 할 수가 있다. 유태인이 유태인을 고소하거나 유태인들이 그들의 단체에서 공급을 횡령하거나 사기를 친다는 것은 생각할 수조차도 없다. 유태인들은 그들의 하나님으로부터 선택받은 민족이라는 자부심 하나로 오늘날 영원한 제국을 건설했다고 해도 과언이 아니다.

건강을 위하여, 가정을 위하여, 사랑을 위하여, 행복을 위하여, 보다 더 나은 내일을 위하여 유태인들은 한마음— 한뜻이 되었던 것이고, 이처럼 민족과 국가를 위하여 '나'를 버릴 때 영원한 제국의 국민이 될 수가 있었던 것이다. 개인은 약하지만, 민족(국민)은 더없이 강하다. '위하여'는 삶의 목표이자 희망이고, '위하여'는 삶의 의지이자 용기이다. '위하여'는 무조건 주는 것이었고, '위하여'는 어떤 대가도 지불하지 않는 것이었고, '위하여'는 그 말로만이라도 무한한 위로와 용기를 주는 것이었다. '너'와 '내'가 '우리'가 되었을 때, '위하여'는 어렵지 않게 나오는 말이었고, 저절로 편안하게 얼굴에 웃음기가 감도는 말이었다. 힘든 일이 있어도, 슬픈 일이 있어도 '위하여'라는 구호와 함께, 그 동료들만 있으면 그 어떠한 장애물들도 다 함께 돌파할 수 있는 용기를 갖게 된다.

정재규 시인의 「위하여」는 사랑이고, 믿음이고, 희망이고, 행복에의 약속이다.

정재규 시인의 「위하여」가 입에 발린 헛된 구호가 되지 않고, 어떤 단체, 어떤 가정, 어떤 국가의 도덕성에 기초해 있을 때, 이 '위하여'는 영원한 제국의 외침이 되는 것이다.

나는 백전백승의 최고급의 인식의 전사이며, 내가 한국교육을 담당한다면 더없이 즐겁고 신나는 독서중심의 글쓰기 교육을 통해 전인류의 스승들을 배출해낼 자신이 있다. 마르크스, 프로이트, 니체, 쇼펜하우어,

뉴턴, 아인시타인 등, 전인류의 스승들을 배출해내는 교육은 사교육비가 하나도 안 드는 교육이며, 책을 많이 읽고 글만 잘 쓰면 되는 교육이라고 할 수가 있다. 이 세계는 누가 지배하며, 영원한 제국은 누가 건설하는가? 그것은 두말할 것도 없이 '사상가 중의 사상가', 즉, 최고급의 인식의 제전의 전사라고 할 수가 있다.

나의 '위하여'는 단군이고, 나의 '위하여'는 예수이다. 나의 '위하여'는 시바이고, 나의 '위하여'는 알라이다. 공자와 맹자도 나의 제자가 되고, 알렉산더 대왕과 나폴레옹 황제도 나의 제자가 된다. 호머와 셰익스피어가 찬가를 짓고, 모차르트와 베토벤이 그 찬가를 연주한다. 소크라테스와 플라톤이 무릎을 꿇고 절을 하고, 마르크스와 니체가 무릎을 꿇고 절을 한다.

나는 천재생산의 가장 확실한 교수법을 지니고 있으며, 대한제국을 건설하기 위하여 나의 그 모든 것을 다걸고 노력해왔다고 해도 과언이 아니다.

위하여, 위하여, 위하여!

아아, 영원한 제국을 위하여!

박분필 강 순
정미영 김선옥
장옥관 안현심
김진열 신윤서
송영희 조항록
고두현 이미영
김정웅 이순희
김홍희 김 은
이명선

박분필
주머니쥐의 추억

벽장은 벽의 호주머니

아주 작은 아이만
주머니쥐같이 호주머니 속에 폭 담길 수가 있어
단춧구멍에 꼭 맞는 단추처럼 끼워질 수 있어

보이지 않는 곳에 누룩을
숨겨두었던 시절이 있었지
누룩 몇 장을 꺼내야 할 때마다 아이는
주머니쥐처럼 단추처럼 끼워졌어
흙냄새와 그을음 향기와 아궁이의 시간을 먹은
아늑하고 달콤한 두근거리는 동굴 같았지

사각형 작은 문과 벽 사이에 낀 햇살은 긴 송곳니
같았지

벽장 속 어둠을 와작와작 씹어 먹는
반짝반짝 까만빛의 가루가 비밀을 숨겨주었어

동그란 조청단지가 자꾸 나를 돌아보았어
그래서 나는 자주 벽을 열고 닫았지

벽장은 내 호주머니가 되었어

기억은 악몽과 상처 등, 구체적인 사건들과 관련이 있지만, 추억은 구체적인 사건들과 상관없이 그 모든 것을 미화시킨다. 기억이 어떤 사건에서 그것의 원인과 결과를 따져보는 실증주의자의 산물이라면 추억은 그 인과론적 결과와는 상관없이 그 옛날의 사건에 새로운 옷을 입히는 몽상주의자의 산물이라고 할 수가 있다. 기억은 사건을 해부하고 그것의 원인과 결과를 따져 묻지만, 추억은 악몽이나 상처들마저도 미화시켜 새롭게 옷을 입힌다. 기억은 더럽고 추한 것일 수도 있지만, 추억은 아름답고, 그 모든 것을 지난 날의 즐거운 놀이로 변주시킨다.

벽장은 벽의 호주머니가 되고, 이 벽장을 벽의 호주머니로 생각하는 박분필 시인은 과거로의 시간 여행을 떠난다. 추억은 과거의 시간이며, 시인은 아주 작은 아이가 된다. 벽장은 누룩과 조청과 그밖의 음식과 취사

도구 등을 보관하는 공간이지만, 그러나 작은 아이에게는 그곳이 몽상을 즐기는 놀이의 장소가 된다. 작은 아이는 주머니쥐가 되고, 누룩과 조청을 꺼내야 하는 사역보다는 조청단지를 파먹으며 제멋대로 상상의 나래를 펴는 몽상가가 된다. 흙냄새와 그을음 향기와 아궁이의 시간을 갉아먹으며 즐거워했고, 사각형의 작은 문과 벽 사이에 낀 햇살의 송곳니로 벽장 속의 어둠을 와작와작 씹어먹는 재미에 시간이 가는 줄도 모르고 있었던 것이다. 흙냄새와 그을음 향기와 아궁이의 시간을 갉아먹는다니 이 얼마나 놀라운 상상력이고, 사각형의 작은 문과 벽 사이에 낀 햇살의 송곳니로 벽장 속의 어둠을 와작와작 씹어먹는다니 이 또한, 얼마나 놀라운 상상력이란 말인가! 몽상은 지배와 복종, 또는 도덕과 법률이라는 닫힌 체계가 아니라, 무한히 열려 있는 자유의 산물이라고 할 수가 있다. 몽상은 자유이고, 자유는 거침이 없다. 몽상은 가장 힘이 세고, 몽상은 가장 빠르며, 몽상은 그 모든 것을 명명하고, 몽상은 그 모든 것을 자기 자신의 앎의 보호 아래 둔다. 벽장은 벽의 호주머니가 되고, 작은 아이는 호주머니 속을 들락거리는 쥐가 된다. 누룩은 모든 것을 다 발효시키고, 흙과 그을음과 어둠마저도 조청이 된다. 시인은 가장 튼튼한 이빨과 위장을 지녔고, 그 모든 것을 다 소화시킬 수 있는 능력을 지녔다.

박분필 시인의 「주머니쥐의 추억」은 벽장 속의 추억이고, 조청같은 추억이며, 이 추억의 맛은 지금, 이 순간에도 그의 미적 감각을 자극시킨다. 이제 작은 아이의 놀이터인 벽장은 시인의 호주머니가 되었고, 그는 어느덧 이 세상에서 가장 큰 호주머니를 지닌 시인이 되었다. 호주머니 속에는 아름다운 추억과 기억이 들어 있고, 호주머니 속에는 온갖 금은보화와 수많은 별들이 다 들어 있다. 호주머니는 가장 크고, 호주머니는 보물창고이고, 호주머니는 우주와도 같다. 오늘도, 지금 이 순간에도 호머라는 별이 떠다니고, 단테라는 별이 떠다닌다. 셰익스피어라는 별도 떠다니고, 보들레르라는 별도 떠다닌다. 랭보와 릴케라는 별도 떠다니고, 소월과 동주라는 별도 떠다닌다.

어린 시절의 벽장은 추억의 공간이고, 몽상의 공간이고, 행복의 공간이다. 추억이 있는 자는 행복한데, 왜냐하면 추억만으로도 새로운 몽상의 나래를 펼칠 수가 있기 때문이다. 몽상을 즐기는 자는 행복한데, 왜냐하면 몽상이 있다는 것만으로도 그 어떠한 현실도 참고 살아갈 수가 있기 때문이다. 이 세상에서 가장 큰 호주머니는 박분필 시인의 호주머니이며, 박분필 시인은 이 호주머니 속에서 수많은 몽상들을 담금질하고, 이처럼 아름답고 뛰어난 「주머니쥐의 추억」을 창조해놓았다.

몽상은 창조적 용기이고, 몽상은 실천적 용기이다. 창조적 용기는 '호주머니쥐'라는 언어창시자의 용기이고, 실천적 용기는 그의 호주머니, 아니, 그의 우주로 모든 사람들을 인도하는 용기라고 할 수가 있다.

시인은 자유롭고, 자유로운 시인은 '우주'라는 호주머니 속에서 인류의 지혜를 창출하고, 그 지혜 속의 삶을 산다.

"벽장은 내 호주머니가 되었어"라는 말은 내가 들은 가장 아름다운 말 중의 하나가 되었다.

오오, 벽장이라는 호주머니를 지닌 시인이여!

오오, 우주라는 호주머니를 지닌 시인이여!

강순
ㄴ과 ㅁ 사이

함박눈이 오고 나서
햇살이 방향을 바꾸었다
햇살은 ㄴ과 ㅁ사이로 미끄러지며
길을 버리고 바쁘게 달아났다

내가 ㄴ이었던가 당신이 ㅁ이더가
시간을 잃어버린 게 ㄴ안이든 ㅁ밖이든
행복한 자들은 관심이 없다

태양도 잠시 지치겠지
ㄴ과 ㅁ 사이로 눈이 내려 길은 꽁꽁 얼어붙는다
온종일 햇살의 은총을 누리지 못한 자들
밤거리에서 ㄴ 혹은 ㅁ을 무작정 기다린다

버스가 오지 않는 밤

ㄴ과 ㅁ이 죽음을 맞기 딱 좋은 길 위
ㄴ과 ㅁ사이로 누군가가 미끄러지다
다가오는 눈빛 밖으로 ㄴ과 ㅁ이 밀려난다

헐거운 옷을 입은 자들이 손 비비며
은밀한 기도로 햇살을 불러들이는 거리
유신론자들이 가식을 숭배하는
잔인한 12월, 밤 가운데

ㄴ과 ㅁ 사이로 문장이 닿을 지도 몰라
오래 전 영화 ET의 한 장면처럼
손가락 끝에 삶을 모으고
길 위에서 발을 동동 구르는 자들을 본다
ㄴ안으로 ㅁ 밖으로 크리스마스 캐롤 들린다

강순 시인의 「ㄴ과 ㅁ 사이」는 대단히 현학적이며, 어떤 역사철학적인 문제를 함축하고 있다. 하지만, 그러나 'ㄴ'과 'ㅁ'은 말도 아니며, 어떤 대상을 구체적으로 지시하지도 않고, 다만 어떤 대상이나 그 무엇을 암시하고 있는 기호에 지나지 않는다. ㄴ과 ㅁ은 불완전한 말이며, 그 무엇을 암시하고 있는 듯한 수수께끼같은 기호 때문에, 나의 지적 호기심을 유발시키기는 하지만, 그러나 대부분의 독자들은 그 의미찾기를 포기하게 될는지도 모른다. ㄴ과 ㅁ은 기호이며, 기호는 수수께끼이고, 수수께끼는 미래의 어떤 것일 수도 있다.

도대체 ㄴ이란 무엇이고, ㅁ이란 무엇이란 말인가? ㄴ과 ㅁ 사이는 무슨 사이이며, ㄴ과 ㅁ 사이는 어떤 인과관계를 지니고 있단 말인가? 진리는 비진리에서 출발하고, 미래는 실천적 현재에서 출발한다. ㄴ은 나일 수도 있고, ㅁ은 당신일 수도 있다. ㄴ은 현실주의자일 수도 있고, ㅁ은 이상주의자일 수도 있다. "내가 ㄴ이었던가 당신이 ㅁ이던가/ 시간을 잃어버린 게 ㄴ안이든 ㅁ밖이든/ 행복한 자들은 관심이 없다"라는 시구를 생각해보면, ㄴ과 ㅁ은 불행한 자들일 수도 있고, 다른 한편, "태양도 잠시 지치겠지/ ㄴ과 ㅁ 사이로 눈이 내려 길은 꽁꽁 얼어붙는다/ 온종일 햇살의 은총을 누리지 못한 자들/ 밤거리에서 ㄴ 혹은 ㅁ을 무작정 기다린다"라는 시구를 생각해보면, ㄴ과 ㅁ은 이 땅의 사회적 천민들의 구원자일 수도 있다. 왜, 행복한 사람들은 ㄴ과 ㅁ의 존재에 대한 관심조차도 없는 것이고, 왜, 불행한 자들, 즉, 햇살의 은총을 누리지 못한 자들만이 ㄴ과 ㅁ을 기다리고 있는 것일까?

신은 전지전능한 존재이며, 모든 사람들을 다 구원해줄 수도 있다. 이 전지전능한 신에 기대어 수많은 신화와 종교가 탄생하고, 이 전지전능한 신에게 수많은 제물과 찬양을 바침으로써 우리 인간들의 역사는 발전을 해왔다고 해도 과언이 아니다. 신은 반드시 존재하고, 구원은 언제, 어느 때나 이루어져야 하지만, 그러나 최고의 권력자들은 자기 자신을 믿지 신을 믿지 않는다. 부유한 자들도 돈을 믿지 신을 믿지 않고, 학자들도 지식의 힘을 믿지 신을 믿지 않는다. 최종심급은 '힘'—권력, 돈, 지식 등—이며, 소위 사생결단식의 '투쟁의 장'에서 승리한 자들에게는 내세의 천국이나 전지전능한 존재는 전혀 터무니없고 허무맹랑한 가공의 이야기에 지나지 않는다.

ㄴ은 나도 아니고, ㅁ은 너도 아니다. ㄴ과 ㅁ은 구원자들이고, 가난한 자와 불행한 자들을 돕기 위해 상호경쟁하는 원수형제들일 수도 있다. ㄴ과 ㅁ 사이로 햇살은 미끄러지고, ㄴ과 ㅁ 사이로 눈은 내려 길은 꽁꽁 얼어붙는다. ㄴ과 ㅁ 사이로 버스도 오지 않는 밤이 오고, ㄴ과 ㅁ사이로 누군가가 미끄러진다. ㄴ과 ㅁ은 죽음을 맞기 딱 좋은 길이고, ㄴ과 ㅁ 사이에서 누군가의 미끄러짐 때문에, ㄴ과 ㅁ은 관심 밖(눈길 밖)으로 밀려난다.

ㄴ은 오지 않으며, ㅁ도 오지 않는다. 이 오지 않는 ㄴ과 ㅁ을 "헐거운 옷을 입은 자들이 손 비비며/ 은밀한 기도로 햇살을 불러들이는 거리"에는 그러나 "유신론자들이 가식을 숭배하는/ 잔인한 12월"의 밤이 깊어간다. 신은 죽었고, 아니, 신은 애초부터 존재하지도 않았다. 신이란 가난하거나 불행한 자들의 사회적 불

만을 잠재우기 위한 꼭두각시이며, 신의 말씀은 인간이 조작해낸 가식에 지나지 않는다. 하지만, 그러나 믿음은 광기가 되고, 광기는 맹목이 되고, 맹목은 허위를 진리로 믿는 가식이 되었다. 믿음은 아편과 마약처럼 달콤하며 환상적이고, 이 중독성 때문에 가난한 자들과 불행한 자들은 그 모든 것을 다 바치게 된다. 마음을 바치고, 정절을 바친다. 육체적 노동과 복종을 바치고, 수많은 제물과 찬양을 바친다. 나는 나 아닌 자, 즉, 자발적인 노예가 되고, 그 어디에도 존재하지 않는 신 때문에 이중─삼중적인 착취를 당한다.

때는 함박눈이 내리고, 유신론자들이 가식을 숭배하는 밤이고, 장소는 ㄴ과 ㅁ 밖으로 크리스마스 캐롤이 들려오는 길거리이다. 손가락 끝에 삶을 모으고 발을 동동 구르고, ㄴ과 ㅁ 사이로 누군가가 미끄러지지만, 그러나 가난한 자들과 불행한 자들을 위한 태양은 떠오르지 않는다. ㄴ과 ㅁ은 끝끝내 나타나지 않고, ㄴ과 ㅁ을 밥벌이의 도구로 삼은 사제들만이 '주 찬양'의 크리스마스의 캐롤을 틀어댄다.

ㄴ과 ㅁ은 신이고, 구원자이다. ㄴ과 ㅁ은 원수형제이고, 허깨비이다.

오늘날 힘 있는 자들은 물론, 사제들마저도 ㄴ과
ㅁ을 믿지 않는다.

강순 시인의 「ㄴ과 ㅁ 사이」는 모든 믿음을 대청소한
역사철학(종교철학)의 산물이며, 철 지난 구원을 판매
하는 사제들, 즉, 원수형제들의 허위의식을 비판한 시
라고 할 수가 있다.

ㄴ과 ㅁ 사이, 그 모든 구원의 길은 막혀 있다.

정미영

오랜 말

활을 잘 만드는 장인이 있었다
활대부터 시위를 걸 때까지
활이 완성되기 전에는
일체의 말도 하지 않았다
활이 굵다 짧다하는 소문이
담 너머로 들려와도
그는 활대만 반듯하게 깎았다
화살이 무디다고 비아냥거려도
그는 시위를 늘 중심에 두었다
그래서 그가 만든 활은
항상 과녁을 관통하였다
시위를 떠난 화살같이
돌아올 수 없는 그의 오랜 묵언
활로 말을 잘 맞히는
장인이 있었다.

줄타기 광대가 가장 잘 하는 것은 줄타기이고, 골잡이가 가장 잘 하는 것은 골을 넣는 것이다. 목수가 가장 잘 하는 것은 집을 짓는 것이고, 영화감독이 가장 잘 하는 것은 영화를 만드는 것이다. 이 세상에서 가장 고귀하고 위대한 것은 가장 어렵고 힘든 일을 가장 잘 하는 것이고, 우리는 이러한 사람들을 명인, 또는 명장이라고 부른다. 이 명인과 명장들은 오랜 고통의 지옥 훈련과정을 거쳐왔으며, 오직 자기 자신의 생각과 신념만을 믿으며, 그 어떠한 의견이나 반대마저도 단호히 배격할 줄을 알고 있다.

이론이란 기껏해야 실천의 한 동기에 불과하다는 것, 말보다는 솔선수범함으로써 그의 이론을 진리로 증명해낸다는 것, 실천철학자로서의 그의 행동양식은 묵언수행의 그것과도 같다. 묵언수행자는 말과 실천의 중요성, 즉, 언행일치의 중요성을 너무나도 잘 알고 있기 때문에 그 말의 과녁을 명중시키게 된다. 그는 "활이 완성되기 전에는/ 일체의 말도 하지 않았고" "활이 굵다 짧다하는" 세간의 소문과, 그리고 "화살이 무디다"는 비야냥거림에도 일체의 대꾸도 하지 않았다.

나는 나이고, 나의 방식대로 어떤 사건과 사물을 평가하고 명명하며, 나의 창작품은 전대미문의 효시가 된다. 나는 오직 나이며, 그 어떤 지적 경쟁자도 없으며, 명예와 명성은 오직 나를 위해서만이 존재한다. 독창적으로 사유하고, 독창적으로 명명할 수 있는 자만이 진정한 명인이고 명장이며, 그의 묵언수행은 최고급의 성신법이라고 할 수가 있나. 말하지 않고, 되돌아보지 않고, 좌고우면하지 않고, 오직 그토록 익숙하고 중후한 솜씨로 실천한다는 것—, 이 장인정신이 전인류의 스승과 고급문화의 원동력이라고 할 수가 있다.

정미영 시인의 「오랜 말」은 침묵의 말이며, 그 어떠한 활보다도 더 말(과녁)을 잘 맞히는 '묵언수행의 정진법'이라고 할 수가 있다. '묵언수행의 정진법'은 오래 사유하고 성찰하며, 그 성찰의 결과를 단 한 걸음도 생략할 수 없는 걸음으로 완성해내는 최고급의 정진법이라고 할 수가 있다.

언제, 어느 때나 묵언수행자는 최단의 지름길을 선호하고, 말보다는 침묵을 선택함으로써 은유와 상징의 기법을 선호한다. 은유와 상징은 수사학의 극치이며, 제일급의 대가들이 가장 잘 구사하는 기법이라고 할 수가 있다.

시는 사상의 꽃이고, 사상은 시의 열매이다.

김선옥
안녕, 남편

이 책은, 펼칠수록 인생이 야윈다
글보다 더 말라간다
40여년 간 펼쳤지만
한 줄도 읽어 본 적 없는
미지의 내용이 더 암담하다

시험 날은 다가오고
나는 앙칼진 칼로
연필 깎는 시간을 더 늘릴 뿐이다
끼워 넣을 한 세계를 찾지 못하는
미완성의 문자들

문장, 서서히 지워지는 하루가
표지에서 번쩍인다

살아온 날들이
책꺼풀에 덜렁거리는 좆같은 날의 오후 세 시
쏟아지는 빗줄기가 칼날 같다

책장이 없었으면 내 눈이 문맹인 줄 알았으리
책장을 넘기는 내 몸이 너덜거릴 때쯤
문장엔 수없이 많은,
아직 쓰여지지 않은 내용이 있다는 걸
나를 덮고서야 알았다

안녕, 저 책을 언제 또 읽을 것인가를
안녕, 지금은 생각하지 않는다
안녕, 내 다음 생에 한꺼번에 몰려올 것들을
안녕, 요약하는 일들이…… 더……안녕

열길 물속은 알아도 사람의 마음은 알 수가 없다는 말이 있다. 첫눈에 반해버리고, 뜻과 마음이 맞을 때에는 모든 것이 순풍에 돛 달 듯이 잘 풀려나가지만, 그러나 함께 살다보면 서로간에 성격과 취향은 물론, 사유와 감정과 문화적 차이로 인해 사사건건 반목과 대립을 일삼게 된다. 위기 시에는 그 위기를 돌파하는데 전심전력하느라고 뜻이 잘 맞을 수도 있지만, 그러나 위기를 극복하고는 삶의 목적과 향유의 방식이 너무나도 다를 수도 있다. 다른 한편, 평화 시에는 삶의 목적과 향유의 방식이 너무나도 잘 맞을 수도 있지만, 그러나 뜻하지 않게 위기를 맞이하게 되면, 서로간에 그 원인과 책임을 둘러싸고 크게 다툴 수도 있다.

성숙한 남녀가 만나 결혼을 하고, 백년해로를 하고, 무덤 속까지 함께 간다는 것은 매우 어렵고도 힘든 과제일 수도 있다. 예전에는 이혼이 최고의 금기사항이었고, 이 사회 윤리적인 규제가 부부 사이를 강제한 적도 있었다. 하지만, 그러나 현대사회는 전통적인 윤리관이 다 붕괴된 사회이며, 여권신장이 극대화된 결과, 이혼이 너무나도 손쉽게 이루어지고 있다고 할 수가 있다. 남녀의 위기이고, 부부의 위기이다. 가정의 위기이고, 사회의 위기이고, 인간이라는 종의 위기라고 하지 않을 수가 없다.

김선옥 시인의 「안녕, 남편」은 부부의 위기이며, 그 위기가 폭발직전의 시한폭탄과도 같다. 남편은 책이고, 40여년 간 펼쳐 읽었지만, 그러나 도대체가 그 내용을 알 수가 없다. 남편이라는 책을 펼칠수록 인생은 더 야위어 가고, "시험 날은 다가오고/ 나는 앙칼진 칼로/ 연필 깎는 시간을 더 늘릴 뿐이다." "시험 날은 다가오고"는 남편과의 한 판의 진검승부를 앞에 두고 있다는 뜻이고, "나는 앙칼진 칼로/ 연필 깎는 시간을 더 늘릴 뿐이다"라는 시구는 일도필살의 검법을 휘두르고 싶지만, 그러나 '남편이라는 책—그 존재'를 알 수가 없어서 전전긍긍하고 있다는 것을 뜻한다.

남편은 책이고, 미완성의 문자들이고, "문장, 서서히 지워지는 하루가/ 표지에서 번쩍인다"라는 시구에서처럼, 하루 하루는 대책없이 순식간에 지나간다. 40여 년 간 살았지만 미지의 내용이 더 많은 남편, 이 배신감과 당혹감 때문에 화가 머리끝까지 치밀어 오르고, "살아온 날들이／ 책꺼풀에 덜렁거리는 좆같은 날의 오후 세 시／ 쏟아지는 빗줄기가 칼날만 같다." "책장이 없었으면 내 눈이 문맹인 줄 알았으리"라는 시구는 남편이라는 존재가 허상이 아니고 진짜라는 것을 뜻하고, "책장을 넘기는 내 몸이 너덜거릴 때쯤／ 문장엔 수없이 많은／ 아직 쓰여지지 않은 내용이 있다는 걸／ 나를 덮고서야 알았다"는 것은 남편에 대해 사유하고, 또 사유한 끝에, 남편에게는 내가 알 수 없는 다른 삶과 다른 내용이 있다는 것을 뜻한다.

남편은 미지의 존재이고, 미완성의 문자들이다. 남편은 두려움과 공포의 대상이고, 영원히 함께 할 수 없는 원수와도 같은 존재이다. "안녕, 저 책을 언제 또 읽을 것인가를／ 안녕, 지금은 생각하지 않는다／ 안녕, 내 다음 생에 한꺼번에 몰려올 것들을／ 안녕, 요약하는 일들이…… 더……안녕"이라는 시구는 아내로서의 처절한 절규이고, 최악의 경지에서 이별불안의 고지를 넘어선, 「안녕, 남편」의 선언문과도 같다.

김선옥 시인은 언어를 검객의 칼날처럼 사용하며 그 무엇이든지 찌르고 베어버림으로써 그 놀라움과 감탄을 자아낸다. 풍자와 해학은 김선옥 시인의 주특기이며, 모든 가치의 전복은 그의 시적 목표가 된다. 하나의 신전이 세워지기 위해서는 수많은 신전들이 파괴되어야 하듯이, 그의 언어에는 대서사시인의 씨앗이 배어 있는 것이다.

장옥관
달과 뱀과 짧은 이야기

  은빛 수레바퀴 밤새 하늘을 굴러다닌다는 轉月寺,
동짓달 북향의 골짜기는 옴팍해서 달빛 담기에 맞춤
한 옹배기랍니다

  도시 인근 흔히 있는 이 암자 주인은 올해 갑년을 맞
은 비구니, 법명이 '달풀月葷'이라 하시는군요 여섯 살
나이로 경주 舎月山에서 계를 받았다는데요

  먹물옷 말고는 딴 맘 딴 옷 가져보지 못한 채 다 늙
은 사람의 심정이사 뒷산 오리나무나 짐작할 뿐 제 잇
속이나 셈하는 복장 시키면 도둑이 알 바 아니겠지요
그러나 인연 닿은 곳마다 굳이 달을 갖다 붙이는 여자
의 마음은 알 듯 말 듯하구요

  낯모르는 이가 내미는 찐빵 이천 원 어치에 빗장 지

른 마음 덜컥 열어젖히는 혼자 사는 늙은이, 해 짧고 달
긴 동짓달 속사정을 알만한 사람은 다 알지만서두 휘영
청 초저녁에 뜬 달이 한잠 자고 나와 봐도 그 자리, 다
시 깨어 봐도 그 자리,

　도무지 눈꺼풀 없는 밤이라는군요

　그런 밤이사 얼음조각 머금은 듯 차고 시린 달이 어
둑새벽까지 띠살문 밝혀서 안 그래도 가난한 우리 스
님의 몸이 더욱 말라 붙었겠구요 뒷산 솔숲 소쩍새 목
쉰 소리에 마당 가슴팍 찬 우물도 덩달아 깊어졌겠지요

　하지만 우리가 아는 것은 조금 아는 것이어서 세상의
일을 어찌 이루 다 짐작할 수 있겠습니까 이 장지문 바
로 건너 대웅전 마루 아래 뱀 소굴이 숨어 있다는데요
법당이든 부엌이든 심지어 하루는 늦은 밤 티브이 위
에 똬리 틀고 혀 날름대고 있더라는 이야기

　생각건대 달풀 우거진 보름달 속에는 수천수만 실뱀
들 똬리 틀고 있는 건 아닐는지 그 달빛, 얼키설키 뒤엉
켜 뭉쳤던 은빛 실뱀들 오리 오리 풀려 밤이면 밤마다

마룻장 아래 모여드는 건 아닐는지 그래서 늦은 밤 법당 안이 이따금 해바라기처럼 환해졌던 것인가

　이리 몸 섞고 저리 몸 뒤엉켜 겨울잠 자는 뱀들이 뿜어내는 에너지 동짓달 둥두렷이 보름달로 굴러가고,
　어떤 못된 뱀은 아궁이 통해 불 꺼진 몸 속으로 자꾸 파고들고, 그때마다 처마를 받든 두리기둥은 화들짝 뿌리가 굵어졌겠지요

　그예 날 저물어 기어코 잡는 손길 뿌리치고 일어서다 보니 아뿔싸, 기왓골 타고 굴러온 달, 달풀 스님 목에 얹힌 달덩이에 혓바닥이
　두, 두 가닥으로 갈라져 있습니다, 그려

장옥관 시인의 「달과 뱀과 짧은 이야기」는 여승과 뱀과의 사랑 이야기이며, 이 치정癡情이 그 어떤 사랑보다도 더 순수하고 더 아름다운 사랑 이야기라고 할 수가 있다. 여섯 살 나이로 경주 함월산에서 계를 받고 올해 갑년을 맞은 비구니 스님, 60년의 세월 동안 먹물옷 말고는 딴 맘, 딴 옷을 가져보지 못한 비구니 스님, 법명이 달풀이듯이 함월산에서 계를 받고 "은빛 수레바퀴 밤새 하늘을 굴러다닌다는 轉月寺"에서 묵언수행 중인 비구니 스님, "낯모르는 이가 내미는 찐빵 이천 원 어치에 빗장 지른 마음 덜컥 열어젖히는 혼자 사는" 비구니 스님—, 과연 이 달풀 스님의 한은 무엇이며, 왜, 그는 "인연 닿은 곳마다 굳이 달을 갖다" 붙였던 것일까? 여섯 살에 입산속리했다는 것은 부모님과 이 세상으로부터 버림을 받았다는 것을 뜻하고, 부모님과 이 세상으로부터 버림을 받았다는 것은 눈 부신 태양 아래 입신출세의 길이 막혀 있었다는 것을 뜻한다.

태양은 남성적이고, 눈 부시고, 장엄한 반면, 달은 여성적이고, 희미하고, 초라하다. 모든 욕망은 상승욕망이고, 어느 누구도 이 상승욕망을 거절하지는 못한다. 하지만, 그러나 출신성분에 의하여 이 상승욕망이 꺾여버리고 생존 자체가 문제가 되는 삶 앞에서는 어느 누구도 절망하지 않을 수가 없다. 절망이 한이 되고, 이 한을 안고 찾아든 곳이 함월산이었던 것이다. 어린 비구니 스님은 달풀이 되고, 달풀은 달을 머금은 함월산에서 터를 잡았다가, 홀씨번식을 하듯이 달항아리같은 선월사로 옮겨왔던 것이다. 초승날, 상현날, 보름달, 하현달, 그믐달처럼 이 세상에서 크나큰 상처를 입고 버림받은 사람들에게 한 줄기 희망의 말씀을 전해주는 것이 달풀 스님의 사명이자 임무이었던 것인지도 모른다.

일찍이 달풀 스님은 "먹물옷 말고는 딴 맘 딴 옷 가져보지" 못했고, "찐빵 이천 원 어치"에도 마음의 빗장을 열어보였지만, 그러나 "해 짧고 달 긴 동짓달 속사정을 알만한 사람은 다 알지만서두 휘영청 초저녁에 뜬 달이 한잠 자고 나와 봐도 그 자리, 다시 깨어 봐도 그 자리/ 도무지 눈꺼풀 없는 밤"의 외로움은 어쩔 수가 없었다. 달풀 스님은 스님이기 전에 여자였고, 여자이기 때문에 자기 짝을 찾아 헤매는 욕망의 소리를 어쩔 수가 없었던 것이다. 성적 욕망은 종족의 명령이며, 이 종족의 명령을 거역할 수는 없다. "그런 밤이사 얼음조각 머금은 듯 차고 시린 달이 어둑새벽까지 띠살문 밝혀서 안 그래도 가난한 우리 스님의 몸이 더욱 말라 붙었겠구요"라는 시구가 그것이고, "뒷산 솔숲 소쩍새 목쉰 소리에 마당 가슴팍 찬 우물도 덩달아 깊어졌겠지요"라는 시구가 그것이다. 가난한 스님의 몸은 더욱 말라가고, 뒷산 솔숲의 소쩍새의 목소리는 쉬어가고, 가슴팍 찬 우물도 덩달아 깊어간다. 이 성적 욕망, 이 충족되지 못한 욕망이 목쉰 소쩍새가 되고, 이 소쩍새는 드디어, 마침내 성적 욕망의 화신인 뱀을 불러 들인다.

스님은 그리스 신화 속의 프시케가 되고, 뱀은 그리스 신화 속의 에로스가 된다. 잠 못 드는 밤, 눈꺼풀이 없는 밤, 스님의 마음, 또는 대웅전에는 뱀의 소굴(에로스의 거처)이 숨어 있었고, 이 수천 수백마리의 은빛 실뱀들이 오리 오리 풀려 이따금 법당 안이 해바라기처럼 환해졌던 것이다. 여승과 뱀과의 사랑은 치정이고, 이 치정은 그 어떤 사랑보다도 더 순수하고 더 깨끗하다. 여승과 뱀들이 "이리 몸 섞고 저리 몸 뒤엉켜" "뿜어내는 에너지," 그 사랑의 불길로 "동짓달 둥두렷이 보름달로 굴러"간다. "어떤 못된 뱀은 아궁이 통해 불 꺼진 몸 속으로 자꾸 파고들고, 그때마다 처마를 받든 두리기둥은 화들짝 뿌리가 굵어"지고, "그예 날 저물어 기어코 잡는 손길 뿌리치고 일어서다 보니 아뿔싸, 기왓골 타고 굴러온 달, 달풀 스님 목에 얹힌 달덩이에 혓바닥이/ 두, 두 가닥으로 갈라져" 있게 된다.

모든 사랑은 치정이고, 이종교배이고, 사랑에는 경계가 없다. 이야기는 상상이고, 상상은 자유이고, 자유는 가장 싱싱한 이야기, 즉 모든 신화의 생명력이 된다. 달풀 스님은 달이 되고, 달은 뱀이 되고, 뱀은 여승의 혓바닥이 된다. 은빛 수레바퀴 밤새 하늘을 굴러 다닌다는 轉月寺의 달풀은 치정의 숲이자 생명의 숲이고, 장옥관 시인의 명시, 즉, 「달과 뱀과 짧은 이야기」의 무대가 된다.

이루어질 수 없는 사랑은 그 대상을 바꾸고, 그 대상과의 사랑은 때때로 종의 경계를 뛰어넘는다. 이종異種과의 사랑은 그만큼 처절하고 슬프고, 때로는 이 처절한 슬픔이 만인들의 심금을 울리고 그 어떤 사랑보다 더 아름다운 사랑으로 승화된다. 옛이야기와 신화의 무대는 상상의 공간이고, 이 상상의 공간은 성적 욕망의 출구가 된다. 만일, 옛이야기와 신화가 없었다면, 수많은 시인과 예술가들이 삶의 터전을 잃어버리는 것은 물론, 이 세상은 그야말로 성적 욕망의 범죄자들로 가득차고, 지옥보다도 더, 더러운 지옥이 되었을 것이다. "이리 몸 섞고 저리 몸 뒤엉켜 겨울잠 자는 뱀들이 뿜어내는 에너지 동짓달 둥두렷이 보름달로 굴러가고, 어떤 못된 뱀은 아궁이 통해 불 꺼진 몸 속으로 자꾸 파고들고, 그때마다 처마를 받든 두리기둥은 화들짝 뿌리가 굵어졌겠지요/ 그예 날 저물어 기어코 잡는 손길 뿌리치고 일어서다 보니 아뿔싸, 기왓골 타고 굴러온 달, 달풀 스님 목에 얹힌 달덩이에 혓바닥이 두, 두 가닥으로 갈라져 있습니다, 그려"라는 시구는 달풀 스님과 뱀의 완벽한 결합을 뜻하고, 그 싸늘하고 뜨거운 관능의 불길로 너무나도 아름다운 사랑의 이야기를 써나가고 있다는 것을 뜻한다. 장옥관 시인의 「달과 뱀과 짧은 이야기」는 사랑의 이야기이며, 사랑에는 종의 경계가 없다는 것을 말해주고 있다고 해도 과언이 아니다.

　오오, 사랑한다. 우리들의 한국어여!

　나는 지금, 이 순간에도 우리 한국인들의 신화, 그 이야기 속에서 우리 한국어의 아름다움을 창출해내고 있다.

안현심
오르가즘

연천봉 아래 연초록 너울, 살 비비며 쓰러지며 혼절하는 파도, 맨발로 얼크러져 몸부림하는 시원始原.

사월의 숲,

죽어도 좋을 목숨의 잔치.

오르가즘은 삶의 절정이며, 이 세상의 삶의 찬가이다. 인간의 본능은 성적 욕망이며, 이 성적 욕망을 우선하는 것은 없다.

오르가즘은 "연천봉 아래 연초록 너울"이고, 오르가즘은 "살 비비며 쓰러지며 혼절하는 파도"이다. 신과 아버지의 권위도 모르고, 도덕과 예의범절도 모르고, 시간과 공간도 모른다. 오르가즘은 "맨발로 얼크러져 몸부림하는 시원始原"이며, 살과 살의 향연으로 '사월의 숲'을 탄생시킨다.

오르가즘의 파괴력은 빅뱅, 즉, 우주폭발과도 같고, 오르가즘의 생산성은 수억, 수억 만년의 우주의 역사와도 같다.

죽어도 좋을 목숨의 잔치—!!

이것이 안현심 시인의 '오르가즘 미학'의 명제이기도 한 것이다.

우주의 역사는 오르가즘의 역사이다.

대절정, 환희, 죽어도 좋을 목숨의 잔치—!!

김진열
발레하는 여자 빨래하는 남자

　여자의 아버지가 사준 아파트는 평범한 회사원인 남
자의 능력 밖으로 넓다 몸 풀기 동작에 고양이자세까
지 끝냈다 여자가 뽈리레를 할 때 세탁기는 삐삐삐 세
탁이 끝났음을 알린다 집을 떠났을 때가 가장 명랑하
다는 남자*가 세탁물을 바구니로 옮긴다 거실에서의
동작은 바뀌어 드미 뽈리레로 이어진다 팔을 집어넣고
빨래를 꺼내던 남자, 윽 소리를 내며 놀란다 여자의 하
얀 팬티가 진한 회색으로 변했다

　흰 빨래는 희게 해야 한다던 말에, 받았던 상처가
아직 딱지도 떨어지지 않았는데… 얼핏 돌아보니 발
끝을 바닥에서 끌어 한 쪽 다리의 무릎을 펴고 밀어내
고 있다 바뜨망 탄듀라고 했던가 불현듯 흰 빨래와 검
은 빨래의 구분이 잘못되었을 때 여자가 남자의 가슴
팍을 밀어내던 동작을 연상시킨다 큰 숨을 내쉬며 여

자의 가위질에 잘려나갈지도 모르는 색깔이 바뀐 팬티를 쓰다듬는다

인테리어 업자를 불러서 설치한 거실의 바 위에 다리를 올린다 입 꼬리를 올려가며 여자의 눈이 노려보는 발끝에 회색 팬티가 걸리는 상상, 남자의 심장이 빨리 뛴다 세탁실에서 빨래를 꺼내던 남자가 지켜보고 있음을 눈치 챈 여자의 침묵은 연기다 입 꼬리 더욱 올라가고, 고통은 지그시 누리는 환희로, 뜨겁게 쏟아지는 머릿속 박수를 들으며 백조의 잔걸음이 이어진다 남자는 고개를 돌려 남은 빨래를 꺼낸다 빨래 바구니는 팔을 굵게 만드는 주범이라는 주장을 받아들였다

남자는 소리 없이 소파에 앉는다 호두까기 인형 음악이 흐르고 눈을 감는다 좀 전에 여자의 티셔츠를 툭툭 털어서 널었던 것은, 화려한 무대 위에서 몸으로 표현한 환상적인 안무였다 일주일 동안 입었던 자신의 팬티 6장을 연거푸 널었던 것은 여자와 보조를 맞춘 발레리노의 턴을 위한 기초였다 그 동작 속에 떠오르는 알라스꽁을 거실에서 꿰면, 몽환적인 스토리는 완성

되는가 여자는 빠세 를르베를 연습한 뒤 도도하게 서
서 땀을 닦는다

　남자의 시선이 가슴속으로 들어와 행복이 빵처럼 부
푼다

　* 세익스피어의 말.

김진열 시인의 「발레하는 여자 빨래하는 남자」의 시
적 화자는 이야기를 이끌어 나가는 진행자이자 관찰자
이며, 그 여자와 남자의 관계를 판단하는 심판관이고,
발레하는 여자는 여자 주인공으로, 빨래하는 남자는 남
자 주인공으로 등장하여 사회적 신분이 전도된 극적인
이야기를 전개시켜 나간다. 시적 화자는 박학다식하며,
여자와 남자의 신분의 차이와 그 대립과 갈등의 심리
를 꿰뚫어보는 전지적 관점을 유지하며, 「발레하는 여
자 빨래하는 남자」를 극적인 이야기로 이끌어 나간다.

　　여자의 아버지가 사준 아파트는 평범한 회사원인 남
자의 능력 밖으로 넓고, 이 사회적 신분의 차이에 의
해서 '남녀의 관계'와 '녀남의 관계'로 전도된다. "몸 풀
기 동작에 고양이자세까지 끝냈다 여자가 쁠리레를 할
때 세탁기는 삐삐삐 세탁이 끝났음을 알린다 집을 떠
났을 때가 가장 명랑하다는 남자가 세탁물을 바구니로

옮긴다." 여자의 동작은 바뀌어 드미 쁠리레로 이어지고, 팔을 집어넣고 빨래를 꺼내던 남자가 단말마의 비명처럼 '윽 소리'를 내며 놀란다. 왜냐하면 여자의 하얀 팬티가 진한 회색으로 변했기 때문이며, 이 과오에는 심리적인 트라우마가 진하게 배어 있기 때문이다. 흰 빨래는 희게 해야 한다는 말은 여자의 체벌이 되고, 그 결과, 그가 입었던 상처에는 아직도 딱지가 떨어지지 않았다. 얼핏 돌아보니, 여자는 '바뜨망 탄듀', 즉, "발끝을 바닥에서 끌어 한 쪽 다리의 무릎을 펴고 밀어내고" 있었지만, 그 동작마저도 흰 빨래와 검은 빨래의 구분이 잘못되었을 때 여자가 남자의 가슴팍을 밀어내던 동작을 연상시키게 되었다. 이 역전된 신분의 질서 속에서, "여자의 가위질에 잘려나갈지도 모르는 색깔이 바뀐 팬티를 쓰다"듬으며, 거세공포증에 시달리게 된다. 돈이 상전이고, 돈이 구세주이며, 여자는 돈의 화신이다. 여자는 예술을 하고, 폭력을 행사하지만, 남자는 노동을 하고, 언제, 어느 때나 여자의 눈치를 보며 폭행을 당한다.

인테리어 업자를 불러서 설치한 거실의 바 위에 여자가 다리를 올릴 때, 여자의 발 끝에 회색 팬티가 걸리는 상상만 해도 남자의 심장은 매우 빨리 뛴다. 입 꼬리가 올라간 여자의 눈은 살모사의 눈빛과도 같으며, 신체적 폭력과 심리적인 외상과 거세공포의 총체와도 같으며, 남자의 삶의 의지가 크나큰 장애를 만난 것과도 같다. 여자는 언제, 어느 때나 진실한 사람이고 옳은 일만을 하지만, 남자는 언제, 어느 때나 거짓말을 하고, 입에 발린 변명과 실수만을 연발한다. 남자의 실수를 눈치 챈 여자의 침묵은 연기이고, 그 결과, 입 꼬리는 더욱더 올라가면서도 수많은 대중들의 찬사와 박수를 받으며, 백조의 여왕과도 같은 자세를 취한다. 남자는 고개를 돌려 빨래를 꺼내고, 빨래 바구니는 팔을 굵게 만드는 주범이라고 생각한다.

남자는 소리 없이 소파에 주저앉는다. 아니, 남자는 소리없이 소파에 주저앉아 흐느낀다. 호두까기 인형 음악이 흐르고, "좀 전에 여자의 티셔츠를 툭툭 털어서 널었던 것은, 화려한 무대 위에서 몸으로 표현한 환상적인 안무"였고, "일주일 동안 입었던 자신의 팬티 6장을 연거푸 널었던 것은 여자와 보조를 맞춘 발레리노의 턴을 위한 기초였다." "그 동작 속에 떠오르는 알라스꽁을 거실에서 꿰면, 몽환적인 스토리는 완성되는

가, 여자는 빠세 를르베를 연습한 뒤 도도하게 서서 땀을 닦는다." "남자의 시선이 가슴속으로 들어와 행복이 빵처럼 부푼다."

여자는 예술(발레)을 위해 살고 예술을 위해 죽으며, 순수예술을 위해서는 남자(남편)를 개같이 학대하는 것은 물론, 이혼까지도 불사할 태세다. 여자를 여자로서 존재하게 하는 것은 돈이며, 돈이 있기 때문에, 수많은 대중들의 찬사와 박수를 받는 백조의 여왕을 꿈꿀 수가 있는 것이다. 이에 반하여, 남자는 돈이 없기 때문에, 그날 그날이 그날 그날인 평범한 회사원에 지나지 않으며, 아내의 권력이 미치지 못하는 집 바깥에서 자그만 명랑함을 향유할 수가 있다. 누가 최고의 권력자가 되고, 누가 순수예술을 하고, 누가 자유와 평등과 사랑을 말하는가? 언제, 어느 때나 최종심급은 돈이며, 돈을 가진 자가 순수예술을 하고, 자유와 평등과 사랑을 말하고, 그의 하나님과도 같은 은총에 의해서 가장 안락하고 행복한 삶이 보장된다.

발레하는 여자는 부의 세습에 의해서 순수예술을 하고, 만인들의 연인이자 우상을 꿈꾸지만, 빨래하는 남자는 기껏해야 빵 몇 조각의 최하 천민의 생활을 위해서 자기 자신의 몸과 영혼까지도 팔아버린다. 빨래하는 남자는 씨받이이며, 성적 욕망의 도구이고, 집안 살림을 도맡아 하는 하인에 불과하다. 김진열 시인의 「발레하는 여자 빨래하는 남자」는 돈에 의해서 남녀의 관계가 역전되고, 돈 많은 여자는 순수예술을, 돈 없는 남자는 자기 자신의 몸과 영혼을 팔아버리고 끊임없는 착취와 학대와 육체노동에 시달리게 된다는 사실을 그 무엇보다도 극적으로 보여준다.

예술은 사치의 아이들(패륜아들)이고, 모든 사회적 천민들은 이 사치의 아이들의 행패에 시달린다. 인생이 예술이라고 할 때, 바로 이 지점에서 정치, 경제, 문화, 예술의 타락이 생겨난다. 순수예술은 머리에서 발끝까지 폭력에 기초해 있고, 이 폭력을 행사할 때만이 '잔인성의 아름다움'이 활짝 피어난다. 모든 식물들, 모든 곤충들, 모든 동물들까지도 폭력적인 서열제도를 이루며, 대부분의 사람들은 순수예술을 위해 복무하고, 순수예술의 아름다움을 위해 희생당하지 않으면 안 된다.

모든 예술은 '잔인성의 아름다움이다'라고, 김진열 시인은 역설하고 있는 것인지도 모른다.

신윤서
그 남자의 첼로

당신은 루머,
어젯밤 내게로 왔다

더 멀리, 더 빨리, 더 깊게,
빛의 속도로 와서 나를 뚫고 지나갔다
당신은 페르시아의 독신 남자
폐허가 된 명치 속을 파고들어와 엎드려 울었다
소문은 낭자하고
무성하고 삽시간에 전염병처럼
마을을 휩쓸었다
칼끝 같은 메마른 가지에서 파다한 소문이 맺혔다
밤새 결리던 내 옆구리가 툭, 터지며
소금 꽃이 피었다

피 묻은 유전자를 흐르는 수돗물에 씻어 내렸다

열한 개의 숫자로 이루어진 당신을 입력하고 돌아
섰을 때
상형문자 같은, 기호 같은 봄이 당도해 있었다
말이 끊긴 자리에서 우리는 입을 다물고
다만 뜨거워졌다

비린 봄을
내 흉부 깊숙이 찔러 넣는
당신은 루머, 하나의 뜬소문,
내 젖꽃을 배회하는

이 저녁의 붉은 혀

신윤서 시인의 「그 남자의 첼로」의 그 남자는 루머이고, 페르시아의 독신 남자이며, 내가 그토록 학수고대했던 이상적인 당신이다. 그 남자, 그 루머가 "어젯밤 내게로" 왔지만, 그러나 "더 멀리, 더 빨리, 더 깊게/ 빛의 속도로 와서 나를 뚫고 지나갔다." 그 남자는 루머이니까, 빛의 속도로 나를 뚫고 지나갈 수가 있었고, 그 남자는 페르시아의 독신남자이니까, 폐허가 된 나의 명치(가슴) 속을 파고들어와 엎드려 울었던 것이다. 나의 명치 속이 폐허가 되었다는 것은 그 남자를 오랫동안 기다렸다는 것이 되고, "폐허가 된 명치 속을 파고들어와 엎드려 울었다"는 것은 그 남자와 내가 하나가 되어, 하룻밤의 만리장성을 쌓았다는 것이 된다.

사랑의 만리장성은 기적이고, 이 기적은 하나의 뜬소문처럼 말이 많게 된다. 기적은 실체가 없는 허상이고, 허상이기 때문에 뜬소문은 낭자하고, 뜬소문은

"삽시간에 전염병처럼/ 마을을 휩쓸"고 지나가게 된다. 메마른 가지들은 칼끝이 되고, 그 칼끝에는 파다한 소문이 맺히고, 이 뜬소문의 횡포 앞에서 "밤새 결리던 내 옆구리가 툭, 터지며/ 소금 꽃"을 피우게 되었다. 소금꽃은 시인—여자의 쓰디쓴 피눈물의 결정체이며, 이 소금꽃이 피었다는 것은 그 남자와 나의 사랑이 다만 뜬소문이 아니라, 순수하고 이상적인 사랑이라는 것을 뜻한다. "피 묻은 유전자를 흐르는 수돗물에 씻어 내렸다"는 것은 그 남자의 아이를 낳았다는 것을 뜻하고, "열한 개의 숫자로 이루어진 당신을 입력하고 돌아섰을 때/ 상형문자 같은, 기호 같은 봄이 당도해 있었다"는 것은 그와 나의 해후와 신혼살림을 시작했다는 뜻일 수도 있다. "열한 개의 숫자로 이루어진 당신을 입력하고 돌아섰을 때"의 열한 개는 일년 열두 달 중, 열한 달을 기다렸다는 뜻일 수도 있고, 「그 남자의 첼로」의 비밀번호일 수도 있다. 그 남자는 루머이고, 페르시아 독신남자이고, 그 남자는 상형문자 같은, 기호같은 봄이다. 그러니까 나와 그 남자는 우리가 되고, "우리는 말이 끊긴 자리에서 입을 다물고/ 다만 뜨거워"질 수가 있었던 것이다.

비린 봄을

내 흉부 깊숙이 찔러 넣는

당신은 루머, 하나의 뜬소문,

내 젖꽃을 배회하는

이 저녁의 붉은 혀

첼로는 현악기의 하나로, 현악기 중에서도 음역이 가장 넓고, 둔중하며, 묵직하고 깊이 있는 음색을 갖고 있다. 실내악이나 관현악, 그리고 독주에도 널리 쓰이고, 교향악단에서 주로 낮은 음의 가락을 맡아 한다. 「그 남자의 첼로」가 무엇을 의미하며, 어떤 음악을 지시하고 있는지는 모르지만, 그 남자는 당신이 되고, 그 노래는 사랑의 노래임에는 틀림없을 것이다. 때는 엄동설한을 뚫고 나온 봄이고, 사랑은 '이루어질 수 없는 사랑'이 이루어진 이상적인 사랑일 것이다.

사랑은 루머이고, 사랑은 페르시아 독신남자이다. 사랑은 소금꽃이고, 사랑은 비린 봄이다. 아니, 사랑은 "내 젖꽃을 배회하는 이 저녁의 붉은 혀"이다. 사랑은

삶의 의지의 최종적인 형태이며, 이 세상의 삶의 찬가
라고 할 수가 있다.

송영희
오래된 산책

동네 산책길에서
외출했다 돌아오는 남편을 만난다
갑작스러워
서먹한 웃음을 나누고 서로 가던 길을 간다

풀밭 옆은 여전히 어제처럼 개울물 흐르고
저녁놀은 변함없이 내일도 이런 풍경일 것이리니
요즘 우리 사이 고백해도 될까
한 집, 한 지붕 아래서 우리 몇 번이나 웃었을까

여름날 서쪽 붉은 배경으로
우연히 길에서 만난 한 남자
어쩌다 가끔 기억에서 실종되기도 하는
그래서 진정
"나는 너를 모른다" 말하고 싶은

오래된 산책길은 비밀이 없다

📖

    서로가 서로를 사랑하면 아내의 의사를 남편의 의사
로 삼고, 남편의 의사를 아내의 의사로 삼게 된다. 사
랑은 믿음이고, 이 믿음은 언제, 어느 때나 함께 하며,
서로간에 배신을 때리지 않을 것을 약속한다. 부부는
아름답고 행복한 삶을 위해 사랑으로 맺은 관계이며,
이 사랑의 힘으로 아들과 딸들을 낳고, 그리고 이 세상
의 임무가 끝나면 무덤 속까지 함께 가게 된다.

    남편은 아버지가 되고, 아내는 어머니가 된다. 아버
지와 어머니가 된다는 것은 이 세계를 창조한다는 것
이고, 아버지는 성부가 되고, 어머니는 성모가 된다.
부부는 종족의 생존과 번영의 결정체이며, 최초의 종
족창시자, 아니, 천지창조주와도 같다. 모든 신화와 종
교, 모든 신들과 문화적 영웅들은 이 부부의 역사에서
파생된 곁가지들에 지나지 않으며, 모든 인류의 역사
는 부부의 역사라고 할 수가 있다. 종족의 명령에 따라

단 하나뿐인 목숨을 걸고 피어나는 부부꽃, 단 한번의 짝짓기를 하고 사랑하는 자손을 위해 자기 자신의 살과 뼈를 다 발라 먹이는 부부꽃—. 사랑은 목표가 되고, 사랑은 믿음이 된다. 사랑은 약속이 되고, 사랑은 실천이 된다. 부부의 사랑은 현대물리학으로도 설명할 수가 없고, 부부의 사랑의 힘은 그 어떤 활화산보다도 더 힘이 세다. 남녀는 연약하지만, 부부의 사랑은 천지창조주의 그것과도 같다.

하지만, 그러나, 부부 사이를 이어주던 사랑의 힘이 약해질 때, 그때는 진정으로 부부 사이의 위기라고 할 수가 있다. 젊은 부부 사이는 배신과 음모와 성격 차이와 사업실패에 의한 것일 수도 있지만, 이 세상의 노부부의 위기는 아들과 딸들을 다 출가시키고, 노동력의 상실과 함께, 힘찬 일터를 잃어버린 탓일 수도 있다. 아들과 딸들에 대한 부모로서의 임무도 끝났고, 더 이상의 돈벌이도 할 수가 없게 되었다. 하루 하루를 산다는 것이 수명연장에 지나지 않으며, 공동의 목표와 그 의지를 잃어버렸을 때는 서로가 서로의 얼굴을 마주하는 것도 싫어질 수가 있다. 피로의 시기이고, 권태의 시기이며, 이 노부부를 이어주던 사랑의 힘은 이미 그 임무를 다 끝낸 것이다.

남편은 혼자 외출했다가 돌아오고, 아내는 혼자 산책을 나갔다가 우연히 만난 사건, 너무나도 "갑작스러워/ 서먹한 웃음을 나누고 서로 가던 길을" 가던 사건—, 하지만, 그러나, 이 우연한 사건은 단순한 사건이 아니라, 진짜 부부 사이의 위기의 사건이라고 하지 않을 수가 없다. 왜냐하면 부부 사이의 서먹함은 남편과 아내라는 허울뿐인 서먹함이라고 할 수가 있기 때문이다. 풀밭 옆 개울물은 여전히 어제처럼 흐르고, 저녁놀은 변함없이 내일도 이런 풍경일 것이지만, 요즈음 남편과 아내는 "한 집, 한 지붕 아래서" 거의 웃어본 적이 없다. 남편은 남편이고, 아내는 아내이며, 이 부부 사이를 이어주던 사랑의 끈은 이미 떨어져 나간 지가 오래되었다. 훌륭한 자식들과 훌륭한 손주와 손녀들에 대한 꿈도 없고, 그 동안의 사랑과 역사에 대한 믿음도 없고, 오직 '혼자'라는 '자유'로 이미 남남이 되어 있었던 것이다.

송영희 시인의 「오래된 산책」은 이미 좋은 때는 다 지나가고, 피로와 권태만이 남은 '산책의 시간'이라고 할 수가 있다. "여름날 서쪽 붉은 배경으로/ 우연히 길에서 만난 한 남자," "어쩌다 가끔 기억에서 실종되기도 하는/ 그래서 진정/ "나는 너를 모른다" 말하고 싶은" 여자의 시간—. 시곗바늘은 이미 떨어졌고, 이 부부를 부부이게끔 하던 위대한 시간도 다 끝났다.

졸혼, 황혼이혼, 동상이몽, 별거, 오월동주가 아닌 적과의 동침—.

나는 너를 모른다. 송영희 시인의 오래된 산책길은 비밀이 없다.

오래 산다는 것은 생물학적 임무가 끝났다는 것이고, 생물학적 임무가 끝났다는 것은 더 이상 아무런 의미가 없는 '고령화의 시대'가 도래했다는 것을 뜻한다.

오래 산다는 것은 질병 중의 질병이며, 너와 나의 관계를 파괴하고, 끝끝내는 이 세상의 모든 생태환경을 파괴하게 된다.

아아, 너무나도 반생물학적이고, 너무나도 반자연적인 고령화라는 시한폭탄이여!!

조항록
생선이라는 잠언

미끄러운 비늘 안에 부드러운 살이 있고 그 안에 가시가 들었네 물고기 한 마리가 전생애를 은유하네

애면글면 바닷속을 헤엄쳐도 빗살 하나 흔적은 남지 않네 물고기 살다 가는 물속에 가지려 해도 가질 수 있는 것이 없네

홑이불 같은 파도 들썩이며 그토록 지느러미가 앓았던 날들이 출렁이네 거의 다 지워진 문장으로 아가미가 닫혔네

📖

    우주의 주인은 우주이고, 지구의 주인은 지구이며, 자연의 주인은 자연이다. 우주와 지구와 자연은 따지고 보면 만물의 공동의 터전이지, 우리 인간들의 사유재산이 아니다. 산다는 것은 우주에게, 지구에게, 자연에게 빚을 지는 것이고, 죽는다는 것은 그 빚을 갚는다는 것이다. 살고 죽는다는 것은 '채권 더하기 채무'로써 '제로'가 되는 것이고, 그 어떤 흔적도 남기지 않는다는 것이다.

    사유재산이라는 말은 악덕 중의 악덕이며, 인간의 오만방자함이 빚어낸 말이라고 할 수가 있다. "애면글면 바닷속을 헤엄쳐도 빗살 하나 흔적"을 남길 수가 없는 것이고, "물고기 살다 가는 물속에 가지려 해도 가질" 수가 없는 것이다. 사유재산이란 말은 애초부터 소유할 수가 없는 것을 소유하려는 뜬구름같은 말이며, 서로가 서로를 사랑하고 아껴줄 시간이 없는데도 그 짧은 인생을 피투성이 이전투구로 물들이는 악마의 말에 지나지 않는다.

> 도는 가까운 데에 있는데 그것을 먼 데서 찾는다. 일
> 은 쉬운 데에 있는데, 그것을 어려운 데서 찾는다(맹자).

잘 먹고 잘 살았다는 것은 신용대출을 받아 흥청망청 썼다는 것이고, 못 먹고 못 살았다는 것은 가능하면 최소한도의 빚을 지고 살았다는 것을 뜻한다. 잘 살았거나, 못 살았거나, 아무튼 살았다는 것은 빚을 졌다는 것이고, 이 세상을 떠나갈 때 다 갚고 떠나가지 않으면 안 된다. 우주에, 지구에, 자연에 흔적을 남기지 않는다는 것은 만물의 공동 약속이고 그 실천인 것이다.

나는 조항록 시인의 「생선이라는 잠언」을 읽으면서 이렇게 생각해 보았다.

소유와 무소유라는 말도 다같이 말장난에 지나지 않는다. 왜냐하면 애초부터 소유할 그 어떤 것도 없었기 때문이다.

인간의 창조는 실수 중의 최악의 실수이며, 이 사

악하고 탐욕스러운 인간들을 모조리 살처분하지 않는 다면 이 우주의 질서가 근본적으로 회복되지 않을 것 이다.

고두현

늦게 온 소포

밤에 온 소포를 받고 문 닫지 못한다.
서투른 글씨로 동여맨 겹겹의 매듭마다
주름진 손마디 한데 묶여 도착한
어머님 겨울 안부. 남쪽 섬 먼 길을
해풍도 마르지 않고 바삐 왔구나.

울타리 없는 곳에 혼자 남아
빈 지붕만 지키는 쓸쓸함
두터운 마분지에 싸고 또 싸서
속엣것보다 포장 더 무겁게 담아 보낸
소포 끈 찬찬히 풀다 보면 낯선 서울살이
찌든 생활의 겉껍질들도 하나씩 벗겨지고
오래된 장갑 버선 한 짝
해진 내의까지 감기고 얽힌 무명실 줄 따라
펼쳐지더니 드디어 한지더미 속에서 놀란 듯

얼굴 내미는 남해산 유자 아홉 개.

「큰 집 뒤따메 올 유자가 잘 댔다고 몇 개 따서
너어 보내니 춥을 때 다려 먹거라. 고생 만앗지야
봄 볕치 풀리믄 또 조흔 일도 안 잇것나. 사람이
다 지 아래를 보고 사는 거라 어렵더라도 참고 반다
시 몸만 성키 추스르라」

헤쳐놓았던 몇 겹의 종이
다시 접었다 펼쳤다 밤새
남향의 문 닫지 못하고
무연히 콧등 시큰거려 내다본 밖으로
새벽 눈발이 하얗게 손 흔들며
글썽글썽 녹고 있다.

대부분의 포유동물들은 부성애가 없고 모성애만 있다. 아버지는 씨앗을 뿌리고 떠나가는 존재이며, 어머니는 임신과 출산, 그리고 자식이 성장해서 출가하기까지 그 자식을 가르치고 먹이는 데 최선의 노력을 다하게 된다. 이러한 포유동물 중에서 예외적인 동물이 있는데, 우리 인간들이 바로 그 동물이라고 할 수가 있다. 우리 인간들은 포유동물 중에서는 아주 예외적으로 아버지와 어머니가 가정을 꾸미고 그들의 모든 것을 다 바쳐 자식들의 양육과 가르침에 최선의 노력을 다하고 있기 때문이다. 인간은 부성애와 모성애, 즉, 아버지의 사랑과 어머니의 사랑을 다같이 받는 존재이지만, 그러나 좀 더 냉정하게 따지고 보면 아버지의 사랑보다는 어머니의 사랑이 더 근본적이라는 것을 알 수가 있다. 아버지의 사랑은 '조건 있는 사랑'이며, '아버지의 명령'에 따르지 않으면 벌을 받게 되어 있지만, 그러나 어머니의 사랑은 '조건 없는 사랑'이며, 그의 자식들이 어떠한 죄를 지어도 다 용서하는 사랑이라고 할 수가 있다. 어머니의 사랑이 '조건 없는 사랑'일 수밖에 없는 것은 임신과 출산, 그리고 젖을 먹이며 기르기까지 어머니와 자식은 생물학적(육체적)으로 하나였기 때문이며, 따라서 대부분의 자식들이 아버지를 싫어하고 어머니를 더 사랑하는 까닭이 바로 여기에 있는 것이다. 아버지는 사사건건 잘, 잘못을 따지며 상과 벌의 채찍을 드는 심판관과도 같지만, 어머니는 자나깨나 자식의 건강과 행복만을 기원하는 자비로운 여신과도 같은 존재라고 할 수가 있다.

고두현 시인의 「늦게 온 소포」는 아들의 어머니에 대한 사랑이 잠 못 이루는 밤의 '새벽 눈발'로 쏟아지는 시라고 할 수가 있다. 새벽 눈발은 눈물이고, 눈물은 어머니에 대한 사랑이며 그리움의 진수라고 할 수가 있다. 어머니는 남쪽 먼 섬 "울타리 없는 곳에 혼자 남아/ 빈 지붕만 지키는" 어머니이지만, 그러나 낯선 서울살이에 찌든 아들을 생각하며 자나깨나 애간장을 다 태우시는 어머니이다. "두터운 마분지에 싸고 또 싸서/ 속옛것보다 포장 더 무겁게 담아 보낸" 소포, 어머

니의 겨울 안부처럼, "남쪽 섬 먼 길을/ 해풍도 마르지
않게" 바삐 보낸 소포, "오래된 장갑 버선 한 짝/ 해진
내의까지 감기고 얽힌 무명실 줄 따라" "한지더미 속에
서 놀란 듯/ 얼굴 내미는 남해산 유자 아홉 개"—. 이
유자 아홉 개는 어머니의 아들 사랑의 진수이며, 그 어
떠한 경제적 가치로도 설명할 수 없는 사랑이 담겨 있
는 것이다. 어머니의 아들에 대한 사랑도 경제적 가치
를 초월해 있고, 아들의 어머니에 대한 사랑도 경제적
가치를 초월해 있다. 사랑은 그 어떠한 보물보다도 더
욱더 소중한 보물이며, 이 사랑이 있기 때문에, 우리들
의 이기적 욕망과 그 사악한 관계를 청산하고, 인간이
인간으로서 살아갈 수가 있는 것이다. 고두현 시인의
「늦게 온 소포」는 눈물로 쓴 시이고, 사랑으로 쓴 시이
며, 한 겨울 밤, 따뜻한 훈풍(봄바람)을 몰고 오는 시
라고 할 수가 있다.

큰집 뒷담에 올해 유자가 많이 열렸고, 몇 개 따서
보내니 추운 겨울에 달여 먹거라. 그 동안 고생 많았
겠지만, 그러나 따뜻한 봄날이 오면 좋은 일이 많이 있
을 것이다. 사람이란 잘 사는 사람보다는 못 사는 사

람을 바라보며 사는 것이다. 어렵더라도 참고 견디면 꼭 좋은 일이 많이 있을 것이다. 부디 몸 건강하게 잘 지내거라.

사랑 앞에서는 만인이 평등하고, 그 어떤 특권도, 그 어떤 권위와 명예도 다 종적을 감추어 버린다. 돈 주고 살 수 없는 것이 사랑이고, 사랑은 그 어떤 금은보화보다도 더욱더 소중한 영속적인 가치를 지닌다. 인류의 역사는 돈 많은 사람들을 철저하게 삭제해 버리고 고귀하고 위대한 사랑의 이야기를 집중적으로 조명한다. 인류의 역사는 사랑의 역사이고, 모든 삶의 이야기는 사랑의 이야기라고 할 수가 있다.

시는 어머니와 아들, 아니, 인간과 인간 사이를 이어주는 사랑의 탯줄이라고 할 수가 있다. 어머니와 아들을 이어주는 사랑의 탯줄, 남자와 여자를 이어주는 사랑의 탯줄, 친구와 원수를 이어주는 사랑의 탯줄, 스승과 제자를 이어주는 사랑의 탯줄, 인간과 인간을 이어주는 사랑의 탯줄, 고향과 타향을 이어주는 사랑의 탯줄, 이승과 저승을 이어주는 사랑의 탯줄, 기쁨과 슬픔, 절망과 희망을 이어주는 사랑의 탯줄—. 이 사랑의 탯줄은 젖줄이며, 영원한 어머니의 강으로 오늘도, 지금 이 순간에도 그 유장한 흐름을 멈추지 않는다.

탯줄은 그 어느 줄보다도 튼튼하고, 우리가 어느 곳, 어느 낯선 땅을 헤맬지라도 우리에게 꿈과 희망이라는 밥상을 선물해준다.

고두현 시인의 「늦게 온 소포」는 사랑의 탯줄이고, 젖줄이며, 우리 인간들의 영원한 시라고 할 수가 있다.

헤쳐놓았던 몇 겹의 종이

다시 접었다 펼쳤다 밤새

남향의 문 닫지 못하고

무연히 콧등 시큰거려 내다본 밖으로

새벽 눈발이 하얗게 손 흔들며

글썽글썽 녹고 있다.

이미영

新스토커

「소리의 좌표」를 검색했더니 잠시 후, 액정에 SNS 알림이 떴다 박찬세와 이영석의 SNS를 알려주겠단다 내가 알고 싶은 건 박찬세의 시인데, 검색의 좌표로 만족하는데, 그의 야사를 보여주겠다고 설치는 핸드폰은 눈치 없는 서비스 제공자인가 동물약품과 여성 청결제를 취급하는 이영석의 사생활은 왜 알려주겠다는 건지, 댕댕이도 묘묘도 기르지 않는, 나의 청결은 내가 알아서 했으면 좋겠는데

핸드폰에 붙은 카메라를 무늬가 그려진 테이프로 가려본다 내가 여자인지를 아는 핸드폰의 성별이 수상하다 내친 김에 나의 좌표를 찾을 수 없게, 컴퓨터와 TV의 와이파이를 끄고 현관문의 구멍도 막아버린다 양말을 갈아 신을 때도 속옷의 좌표를 가리고 싶어 야자무늬 커튼을 쳐보지만, 이 불편한 염탐꾼은 일거수일투

족을 주시하는 나의 열렬한 스토커다

소리 내지 않는 소리도 추적하는 세계에서 위장된 나의 고립은 속수무책이다

뭐든 걸어 잡아당기고 뭐든 그물에 씌워버리는 시대, 나의 비밀은 수면 위로 끌려나온다 빅 데이터는 내 배란일조차 애인보다 더 빨리 알아낼 것이다 기호화된 신체의 좌표를 찾아내 때맞춰 최고급 사양의 사후 서비스도 보내오겠지 진혼곡으로 내가 좋아하는 '봄날은 간다'를 끼워줄지도 몰라
웃어야 할지, 불편해야 할지, 아니면 곤두서야 할지 나의 무늬가 힘없이 혀를 빼물고 있다

신이 인간을 창조한 것일까, 인간이 신을 창조한 것일까? 이제 신은 존재하지 않으며, 신은 인간이 인간의 한계를 극복하기 위한 가상의 존재에 지나지 않았다. 우리 인간들은 어렵고 힘들 때마다 전지전능한 신을 상정하고, 이 신에게 예배를 드림으로써 모든 어렵고 힘든 일들을 극복해왔던 것이다. 신에 대한 예배는 자기자신에 대한 변장된 예배에 지나지 않으며, 이제는 전지전능한 컴퓨터를 더 믿게 되었다. 덧셈과 뺄셈, 곱하기와 나누기를 담당하던 주판과 전자계산기, 이 주판과 전자계산기의 기능을 극대화시킨 컴퓨터의 등장으로 말미암아 모든 종교와 신앙들이 역사의 뒤안길로 사라져버리고, 인간이 전지전능한 신으로 등극하게 되었던 것이다. 컴퓨터는 단순한 계산기능만이 있는 것이 아니라 모든 데이터를 저장하고 그 데이터를 토대로 하여, 그 모든 산업과 인간의 행위까지도 전면적으로 관리하고 감독하게 되었던 것이다. 생산의 영역과 소비의 영역을 장악한 것도 컴퓨터이고, 대화의 영역과 상상의 영역을 장악한 것도 컴퓨터이며, 현실의 영역과 사후의 영역을 장악한 것도 컴퓨터이다. 인간이 컴퓨터가 된 것이고, 컴퓨터는 전지전능한 신이 된 것이다. 그 옛날의 신이 천의 얼굴을 지녔던 것처럼, 컴퓨터는 수많은 얼굴을 지니고 있는데, 인공지능과 드론과 로봇, 사물인터넷과 빅테이터, 그리고 스마트폰 등이 바로 그것이라고 할 수가 있다.

스마트폰은 휴대용 컴퓨터이며, 이 스마트폰이 없는 세상은 상상할 수조차도 없다. 잠자리에 들 때에도 휴대폰에게 예배를 드려야 하고, 새벽에 첫눈을 뜨자마자 휴대폰에게 예배를 드려야 한다. 화장실에 갈 때에도, 식사를 할 때에도 휴대폰에게 보고를 해야 하고, 하루의 일과를 확인하고 출근을 할 때에도 휴대폰에게 보고를 해야 한다. 술을 마실 때에도, 섹스를 할 때에도 휴대폰에게 보고를 해야 하고, 물건을 사고 팔 때에도, 버스표와 비행기표를 예매할 때에도 휴대폰에게 보고를 해야 한다. 컴퓨터, 즉, 휴대폰이 인간을 위해 존재하는 것이 아니라, 인간이 휴대폰을 찬양하고 예배하기 위해 존재하는 것이다. 모든 가치가 전복되고 휴대폰이 전지전능한 신이 된 것이다. 모든 사제들이 자기 자신을 성자로 끌어올리며 그의 신도들에게 자발적인 예배와 복종을 강요하듯이, 컴퓨터(휴대폰)에 대한 예배는 그 어떠한 마약보다도 중독성이 더 강하다. 휴대폰은 마약 중의 마약이며, 어느 누구도 이 휴대폰의 중독에서 벗어날 수가 없다. 목사와 신도들에게서 휴대폰을 빼앗아 보라! 그 날짜로 자기 자신의 사원과 성상들을 불살라 버리고 가장 과격하고 극렬한 정신병자가 되어버릴 것이다. 사랑하는 아내와 남편에게서 휴대폰을 빼앗아 보라! 그 날짜로 아내와 남편이 서로 간의 목을 졸라버리고 가장 과격하고 극렬한 정신병자가 되어버릴 것이다. 휴대폰 앞에서는 만인이 평등하고, 휴대폰 앞에서는 만인이 미치광이가 된다.

이미영 시인의 말대로, 휴대폰은 「新스토커」이다. 소리의 좌표를 검색하면 SNS에 알림이 뜨고 전혀 엉뚱한 정보들까지도 딸려 나온다. 이를테면 박찬세의 시를 검색하면 그의 야사까지 뜨고, 이영석을 검색하면 동물약품과 여성청결제를 취급하는 그의 사생활까지도 알려준다. 휴대폰은 내가 여자인지도 알고 있고,

컴퓨터와 TV의 와이파이를 끄고 현관문의 구멍도 막아버리지만, 이 불편한 염탐꾼은 나의 일거수일투족을 전면적으로 관리하고 감독한다. 소리 내지 않는 소리도 추적하고, 그 무엇이든지 걸어 잡아당기고 그물을 씌워버린다. 애인도 모르고, 내가 모르는 배란일조차도 알아내고, 남편 모르게 키스를 하고, 친구들과 주고받은 문자와 야한 사진까지도 기록해준다. 삭제해도, 삭제해도, 흔적의 흔적까지도 찾아내며, 내가 좋아하는 최고급 사양의 사후 서비스까지도 마다하지 않는다.

휴대폰의 수준에서는 만인이 평등하고, 이 민주주의 원칙 앞에서는 어느 누구도 예외일 수가 없다. 은밀한 대화와 심각한 대화, 특별한 의전과 특별한 권리, 그리고 비밀유지와 사생활 보호 등은 얘기하지도 말아야 하고, 이제는 친구나 특정 단체의 회원들끼리의 대화방마저도 개설하지 말아야 한다. 모든 것이 범죄의 혐의이고 증거이며, 휴대폰은 투명한 사회의 보증수표와도 같다.

애인과 애인 사이의 통화기록도 다 보관되며, 은밀하고 다정했던 순간들의 사진들도 다 보관된다. 단

1mm의 성감대가 개발되지 않은 곳이 없듯이, 단 한 마디의 비밀도 비밀인 채로 비밀을 유지할 수 있는 곳이 없다. 애인과 키스를 할 때에도 변호사를 대동해야 하고, 애인과 사랑을 나눌 때에도 변호사를 대동해야 한다. 변호사의 입회하에 그 행위들을 기록하게 되면 성희롱이나 성추행으로 고소당할 염려가 없고, 휴대폰은 당신이 유죄임을 입증해주지만, 무죄임을 보장해주지는 않는다. 스마트폰 차원에서 사생활 보호의 혁명은 없으며, 심지어는 당신의 모든 신체 부위마저도 병원이나 건강보험회사, 학교와 병역카드 등을 통해 낱낱이 다 기록하여 공개해준다.

오오, 내 사랑 컴퓨터와 스마트폰과 함께, 봄날은 간다.

빅 데이터는 내 배란일조차 애인보다 더 빨리 알아낼 것이다 기호화된 신체의 좌표를 찾아내 때맞춰 최고급 사양의 사후 서비스도 보내오겠지 진혼곡으로 내가 좋아하는 '봄날은 간다'를 끼워줄지도 몰라

웃어야 할지, 불편해야 할지, 아니면 곤두서야 할지

나의 무늬가 힘없이 혀를 빼물고 있다

김정웅

구각염口角炎, angular cheilitis

입술 끝이 트기 시작한다

꽃샘추위에
봄꽃 하나 틔우려는지
마른 무논에 흙 갈라지듯
건조한 입가에 붉은 이랑 하나
조금씩 솟아오른다

입이 크려나 보다
예전에 들려 준 어머니의 말씀을
이제는 키가 줄고 있는 나에게,
입은 아직도 덜 자란 기관
덜 자란 입이
서툰 말
기억조차 못하는 말들을 내 뱉다

미처 자라지 못한 단어들의 가시에 쓸려
상처가 났으리라

리보플래빈 결핍
칸디다균
영양장애
위장장애
스트레스들이
싹을 틔운 입술 가장자리
오늘도 아파 벌리지 못하는 입속으로
꽃 한 송이 피어난다.

입술이 트는 것을 '구각염'이라고 부르고, 구각염은 "리보플래빈 결핍/ 칸디다균/ 영양장애/ 위장장애/ 스트레스들이" 그 원인일 수도 있다.

하지만, 그러나 김정웅 시인은 입술이 트는 것을 꽃이 피는 것으로 해석하고, 그 아픔과 진통을 꽃샘추위로 표현한다. "꽃샘추위에/ 봄꽃 하나 틔우려는지/ 마른 무논에 흙 갈라지듯/ 건조한 입가에 붉은 이랑 하나/ 조금씩 솟아오른다"라는 시구가 그것을 말해준다. 이 시구는 아주 익숙하면서도 자연스럽고, 그러나 그것이 구각염이라는 점에서는 새롭고 낯선 충격으로 다가온다.

구각염은 입술에 피는 꽃이며, 그것은 키가 줄고 있는 시인의 육체적 나이에 반하여, 입은 덜 자란 기관이라는 것을 뜻하며, 덜 자란 입이 제대로 성숙하기 위하여 "서툰 말/ 기억조차 못하는 말들을 내 뱉다/ 미

처 자라지 못한 단어들의 가시에 쓸려/ 상처가" 난 것
에 지나지 않는다.

　늙으면, 즉, 육체적으로 노쇠하여 죽을 때가 되면,
하고 싶은 말이 많아지고, 하고 싶은 말들 때문에 입술
이 부르트게 된다. 구각염은 말의 꽃이고, 말의 꽃은
육체적인 나이에 상관없이 죽을 때까지 핀다.

　말은 죽지 않으며, 죽음이 찾아오면 새로운 입술로
그 둥지를 옮긴다.

　김정웅 시인의 「구각염口角炎, angular cheilitis」은 어떻
게 생각하면 매우 일상적이고 친숙한 시일 수도 있다.
전혀 어렵거나 새로운 표현도 없어 보이고, 매우 이색
적이고 충격적인 전언도 없어 보인다. 하지만, 그러나
김정웅 시인은 이러한 일상적이고 친숙한 시에 새로
운 가치를 부여하고, 모든 가치관을 전복시켜버린다.
입술이 부르트는 것을 꽃샘 추위와 마른 무논에 흙 갈
라지는 것으로 비유하고, 그것을 육체적 나이에 반하
여, 덜 자란 입이 말의 꽃을 피우는 것이라는 정언판
단이 그것이다.

　늙으면 하고 싶은 말이 많아지고, 하고 싶은 말들 때

문에 입술이 부르튼다.

"오늘도 아파 벌리지 못하는 입속으로/ 꽃 한 송이 피어난다."

모든 가치의 창조는 그만큼 새롭고, 낯설고, 충격적이다.

이순희

때를 지우다

찌든 때를 지우는 법을 찾아보다가
때의 사전적 의미가 궁금해졌다
때—
시간의 어떤 순간
끼니 또는 식사시간
좋은 기회나 알맞은 시기
때—
옷이나 몸 따위에 묻은 더러운 물질 또는 피부의 분
비물과 먼지
불순하고 속된 것
까닭없이 뒤집어 쓴 더러운 이름

한 단어가 전혀 다른 뜻을 머금고 있다는 사실에 놀
라지 않을 수 없다

연관성을 붙여보려고
시간, 끼니, 기회, 더러움, 속된 것, 누명을 나열해
봤다
인생살이 희노애락애오욕이 다 묻어 있다

때는
밥이고 기회이고 순간이다
때는
더럽고 속되고 덧없다

우리 인생이 그렇다

시를 쓰는 것은 삶을 사는 것이고, 삶을 사는 것은 시를 쓰는 것이다. 시는 삶의 번역이고 기록이지만, 그러나 이 삶을 번역하고 기록하는 것은 무척이나 오랜 시간 동안의 '고통의 지옥훈련과정'을 거치지 않으면 안 된다. 왜냐하면 산다는 것이 언어와 언어, 또는 이미지와 이미지의 충돌이며, 새로운 사건의 연속이기 때문이다. 하나의 언어(이미지)는 어떤 의미를 지니고 있으며, 언어와 언어가 결합하거나 충돌할 때 그 의미는 어떻게 변형되며, 그리고 그것의 의미는 어떠한 역사철학적인 문맥 속에서 이해하고 해석해야 될까라는 문제는 매우 어렵고도 힘든 사유의 문제이기 때문이다.

이순희 시인의 「때를 지우다」는 아주 자연스러운 삶의 과정에서 "찌든 때를 지우는 법을 찾아보다가" 너무나도 손쉽고, 너무나도 뜻밖에 얻어낸 명시라고 할 수가 있다. 이순희 시인은 "찌든 때를 지우는 법을 찾아보다가" "때"의 사전적 의미가 궁금해졌던 것이고, 그 결과, '때'란 말이 동음이의어로서 "전혀 다른 뜻을 머금고 있다는 사실에 놀라지 않을 수"가 없었던 것이다. 하나는 "시간의 어떤 순간/ 끼니 또는 식사시간/ 좋은 기회나 알맞은 시기"이고, 다른 하나는 "옷이나 몸 따위에 묻은 더러운 물질 또는 피부의 분비물과 먼지/ 불순하고 속된 것/ 까닭없이 뒤집어 쓴 더러운 이름"이다.

산다는 것이 때를 기다리며 좋은 기회를 엿보는 것이고, 산다는 것이 좋은 기회를 엿보다가 더러운 때를 묻히며 속되게 살다가 가는 것이다. 때와 때의 언어의 동일성에 주목하고, 이 동일한 언어가 어떻게 다르게 쓰이는가를 고찰하며, 그것을 좀 더 깊고 심오하게 역사 철학적으로 승화시킨 것이 이순희 시인의 「때를 지우다」라는 시라고 할 수가 있다.

「때를 지우다」는 '때의 시학'이고, '때의 철학'이며, 우리들의 인생은 '때'의 시간과 공간을 벗어날 수가 없다. 때는 밥이고 기회이고 순간이고, 때는 더럽고 속되고 덧없다.

때와 때 사이에는 희노애락喜怒哀樂과 애오욕愛惡慾이

다 묻어 있다.

때와 때는 상호이질적이고, 놀라운 충돌이며, 때와 때의 결합에 의하여 우리들의 인생을 설명할 수가 있는 것이다.

때가 명령하고, 때가 심판한다. 그것이 우리들의 인생이다.

김홍희
다비

만장을 모두 거두어라 그는 부처를
차마 죽이지 못했다 목탁도 모두
태워버려라 염불은 갈 곳을 잃고
다비는 하염없이 허공만 맴돈다 지옥 불은
꺼질 줄을 모르니 앳된 중의 눈물로
사리를 세지 마라 한 줌 재도 많다

김홍희 시인의 「다비」는 시종일관 싸늘하고 노기 띤 목소리로 되어 있으며, 그것이 타인의 의견을 철저하게 배제하는 정언명령으로 나타나게 된 것이다. 정언명령이란 '무엇을 하라, 하지 마라'로 되어 있고, 만일 이 명령을 수행하지 않으면 그의 목숨까지도 바칠 각오를 하지 않으면 안 된다. "만장을 모두 거두어라", 왜냐하면 "그는 부처를 차마 죽이지 못했"기 때문이다. 네 스스로가 부처가 되어야 한다는 말이 있듯이, 부처를 죽이지 못하고 새로운 부처가 되지 못한 것은 부처의 가르침을 제대로 수행하지 못한 것이다. "목탁도 모두 태워버려라", 왜냐하면 그의 염불(기도)은 갈 곳을 잃었고, "다비는 하염없이 허공을" 맴돌고 있기 때문이다. "지옥의 불은 꺼질 줄을 모르니 앳된 중의 눈물로 사리를 세지 마라", 왜냐하면 사리는 전혀 없고 한 줌의 재도 많기 때문이다.

태어나는 것도 고통이고, 산다(늙는다)는 것도 고통이다. 병이 드는 것도 고통이고, 죽는 것도 고통이다. 부처는 이처럼 생로병사에 시달리는 민중들을 발견하고, 이 세상의 삶의 고통을 극복하는 방법을 가르쳐 주었다고 할 수가 있다. 하지만, 그러나, 부처의 무욕망이나 해탈의 세계는 이 세상의 삶을 질식시킨 처방에 불과하며, 따라서 고통을 긍정하고 고통 속에서 삶의 기쁨을 찾는 역경주의로서 부처의 사상을 초토화시킬 수도 있었던 것이다. 베토벤과 모차르트, 반 고호와 폴 고갱, 보들레르와 랭보, 니체와 쇼펜하우어, 알렉산더와 나폴레옹 등은 너무나도 어렵고 고통스러웠지만, 바로 그렇기 때문에, 언제, 어느 때나 행복했던 전인류의 스승들이었다고 할 수가 있다. 나는 나이고, 부처는 부처이다. 부처의 제자로서 부처를 살해하지 못한 것은 그의 어리석음이 되고, 이것이 김홍희 시인의 싸늘하고 노기 띤 목소리, 즉, 정언명령의 전거가 되어주고 있는 것이다. 만장이란 학문이나 덕을 쌓은 인물을 기리는 깃발이고, 다비란 불교에서 시신을 화장하는 의식이며, 사리란 그 주체자(죽은 자)의 법력의 크기를 나타내는 보석과도 같은 물체를 말한다.

자기 스스로 부처가 된다는 것은 부처를 살해한다는 것이고, 부처를 살해한다는 것은 새로운 부처가 된다는 것이다. 지혜는 만인들의 어리석음을 뛰어넘어 천년의 앞을 내다보는 것이고, 용기는 전인류의 스승이 되기 위해서는 수천 만 명을 두 눈 하나 깜빡하지 않고 죽이는 것이고, 성실함은 언제, 어느 때나 전인류의 스승이 되기 위해 온몸으로 정진하는 것을 말한다. 지혜는 용기를 부르고, 용기는 성실함을 부르고, 성실함은 지혜를 부른다.

김은
똥들의 세계

새똥은 물똥
소똥은 철퍼덕 바가지 똥
염소똥은 콩자반 똥

묽다, 크다, 되다

동물 세계의 똥자루들
비교당하거나 타박 받는 일 없고
제 모양대로 천연덕스러운데

세상에서 가장 비싼
똥, 루이비똥
명품매장을 휘젓고 온 여자
심한 치질과 변비
문제는 똥

정신 수양한다며 찾아간 절집

해우소에 쏟아낸

배변, 구더기가 끓는다

먹는 것은 몸을 움직이는 에너지를 얻는 것이고, 똥을 누는 것은 에너지를 추출하고 남은 찌꺼기를 배설하는 것이다. 입은 똥구멍과 연결된 기관이며, 똥구멍은 입에 연결된 기관이다. "새똥은 물똥/ 소똥은 철퍼덕 바가지 똥/ 염소똥은 콩자반 똥"이라는 김은 시인의 「똥들의 세계」는 자연 그 자체이지만, "세상에서 가장 비싼/ 똥, 루이비똥"은 미치광이들의 정신분열증의 똥이라고 할 수가 있다.

새똥은 물똥이고 붉고, 소똥은 철퍼덕 바가지 똥이고 크며, 염소똥은 콩자반 똥이고 되다. 동물의 세계의 똥자루들은 비교당하거나 타박 받는 일 없고, 자연 그 자체로서의 특성과 리듬까지도 갖추고 있다. 이에 반하여, 자연의 이치를 거스르며 명품매장을 휘젓고 온 미치광이들의 똥자루는 심한 치질과 변비로 몸살을 앓는다. 가방은 튼튼하고 실용적인 쓸모만 있으면 되는 것이지, 그것이 그처럼 비싸고 그 주체자의 사회적 지위를 나타내는 사치품일 필요는 없는 것이다. 루이비똥은 사치품이고 정신분열증 환자의 똥이며, 이 똥들이 심한 치질과 변비로 자연의 세계를 더욱더 더럽게 오염시킨다.

루이비똥—명품은 사치품이고, 사치품은 온갖 미치광이들을 해우소의 구더기들처럼 들끓게 한다. 미치광이들은 단 하나의 진리만을 믿으며, 모든 진리와 진리들의 관계를 해체한다. 모든 진리와 진리들의 관계를 해체한 미치광이들은 '너와 나', 혹은 '우리'라는 공동체 사회의 인간관계를 파괴하고, 한 걸음 더 나아가, 이 사회와 자연과 우주 자체가 자기 자신의 특권과 정신분열증을 위해 존재한다고 믿는다.

잘 먹고 잘 살아야 한다는 특권, 나는 명령하지만 너는 복종해야 한다는 특권, 너는 똥을 누지만 나는 루이비똥을 걸친다는 특권, 너는 죽음의 인간이지만 나는 죽지 않는다는 특권—. 이 특권의식이 정신분열증의 본질이며, 우주는 정신분열증의 우주라고 할 수가 있다.

똥의 순수함과 똥의 더러움이 있다. 순수함은 똥의

영광이 되고, 더러움은 똥의 치욕이 된다. 똥은 자연이고, 자연에 반하는 루이비똥 족속, 즉, 정신분열증의 환자들에게 복수를 한다. 그렇다. 정신분열증의 환자들의 뱃속에는 심한 치질과 변비에 걸린 구더기들이 득시글거린다.

김은 시인은 「똥들의 세계」를 통하여 당신은, 당신은, 당신의 행복을 연주하며, 어떠한 똥을 누고 있는가를 묻고 있는 것이다.

이명선
그 흔한 연고도 없이

나의 이야기를 들었다

누군가에게 전해들은 나의 이야기로 나는 흥건한 바닥이 되었다

고시를 치를 생각 없이 고시원에 있었다
공직자처럼 공개할 재산이나 공제할 가족이 있었다면 고사했을 것이다

열대야에 선풍기를 틀어놓고 물수건을 올리고 느린 밤을 밝히듯 삶의 낱장을 뜯으며 서로의 얼굴을 들여다봤다면

엎드려 자다 목마른 얼굴로 일어났더라면 그랬다면 그래서 우리가 언뜻 마주칠 수 있었다면

홍건한 바닥에 배설된 우리가 떠다닌다

말 한번 섞어 본 적 없는 누군가의 입에서 입으로 전해 듣는 우리의 이야기는 작은 소란에도 불시에 솟구치려는 간헐천 같았다

두 평 남짓한 방에서 우리의 회고록을 쓴다면 공수래공수거라고 써야 할까 공공의 적이라 써야 할까

검은 마스크로 가린 칸칸의 방은 타버린 낱장만큼 캄캄하고 우리는 그 흔한 연고도 바르지 못하고

없는 만큼만 없었으니 잃을 만큼만 잃어버린 우리의 영결식에 우리가 없어

한사람씩 배웅하기 위해 마지막 불이 사그라지기 전 연고 없는 사람끼리 무기명 투표를 한다

오늘은 이 고시원에서 저 고시원으로 이주하기 딱 좋은 길일이라고 하였다

그 옛날 고시원이라면 그야말로 입신출세를 위해 젊은이들이 꿈과 야망을 불태웠던 곳이라고 할 수가 있다. 오직 사법고시와 행정고시와 외무고시 등을 통해 소위 10대와 20대의 영감님들(고위공직자들)이 쏟아져 나오고, 고시원은 그야말로 그 좁고 협소한 공간에 반하여, 고귀하고 거룩한 장소이었던 적도 있었다. 요컨대 개천에서 용이 나고, 고시원은 하늘의 은총이 쏟아져 내리는 성스러운 장소이었던 것이다. 하지만, 그러나 소위 법학전문대학원과 의학전문대학원 등에서 고급인력을 양성하게 되었고, 이제 고시원은 그 옛날의 영광을 뒤로 한 채, 떠돌이—부랑자들의 숙소로 전락할 수밖에 없게 되었다.

　산다는 것이 뜬소문과도 같고, 죽는다는 것이 무연고의 시체와도 같다. 이명선 시인의 「그 흔한 연고도 없이」는 화재로 불에 타 죽은 고시원생의 목소리이며,

이 고시원생의 너무나도 잔인하고 끔찍한 이야기가, 그러나 너무나도 담담하고 진술하게 들려오고 있다고 해도 과언이 아니다. 고시원생은 이명선 시인의 상상력에 의하여 망자로서 살아 있고, 이 망자의 삶과 죽음과, 그리고 고시원생의 미래의 운명까지도, 그 망자의 목소리를 통해서 들려준다. 나는 이미 불에 타 죽었고, 이 이야기는 누군가에게 전해 들은 이야기이고, 이 이야기는 소방대원이 분사한 물로 흥건하게 젖은 이야기라고 할 수가 있다.

나는 고시를 치를 생각도 없이 고시원에 있었고, "공직자처럼 공개할 재산이나 공제할 가족이 있었다면" 나는 고시원에 있지 않았을 것이다. 어느 날 고시원에 불이 났고, 나는 두 눈을 뜨거나 비명을 지를 새도 없이 불에 타 죽고 말았다. 만약에, "열대야에 선풍기를 틀어놓고 물수건을 올리고 느린 밤을 밝히듯 삶의 낱장을 뜯으며 서로의 얼굴을 들여다봤다면", 또는 "엎드려 자다 목마른 얼굴로 일어났더라면 그랬다면 그래서 우리가 언뜻 마주칠 수 있었다면" 나와 우리들은 이처럼 비명횡사하지는 않았을 것이다. 나는 나이고, 너는 너이며, '우리'는 고시원의 떠돌이—부랑자들로서 이미 남남이 되어 있었던 것이다. 너와 나는 흥건한 바닥에 배설된 '우리'가 되었고, "누군가의 입에서 입으로 전해 듣는 우리의 이야기는 작은 소란에도 불시에 솟구치려는 간헐천"과도 같았다.

우리가 우리의 회고록을 쓴다면 '공수래공수거'라고 써야 할까, 그것도 아니라면 '공공의 적'이라고 써야 할까? 두 평 남짓한 방에서, 캄캄한 잿더미로 타버렸고, "없는 만큼만 없었으니 잃을 만큼만 잃어버린" 우리들은 영결식도 없게 되었다. 공수래공수거, 어차피 인생은 빈손으로 왔다가 빈손으로 가는 것이다. 하지만, 그러나 이 무소유의 인생, 이 무연고자들이 '공공의 직'처럼 모여서 무기명 투표를 한다. 고시원생들은 인간 이하의 짐승들처럼 존재하며 그들의 정신과 육체는 이미 쇠퇴하고 소멸한 것이나 마찬가지이다. 존재의 회복할 수 없는 결핍, 인간이라고 부를 수도 없는 고시원생들—, 만일 그렇다면 이 고시원생들은 왜 생겨나게 되었던 것일까? 첫째도 경제의 문제이고, 둘째도 경제의 문제이다. 돈이 돈을 낳고 돈이 '물신'이 되는 사회에서는 수많은 탈락자들—고시원생들—이 생겨나고, 그들은 소수의 부자들의 특권을 위해 희생될 수밖에 없었던 것이다. 자본주의 사회는 소수의 부자들을 위해 끊임없이 무연고 고시원생들을 생산해내며, 그들의 그늘지고 음습한 삶을 숨기고 은폐한다. 요컨대 빈손으로 왔다가 빈손으로 가는 고시원생들이 '공공의 적'처럼 취급되며, 그 어떠한 영결식도 없이 그들의 인생을 삭제한다.

열흘을 굶어도 도둑질을 하지 않으며, 그토록 육체와 영혼까지 유린(착취)을 당하면서도 파업을 하거나 시위를 하지 않는 모범생들──. 이 모범생들이 자본주의 사회의 규율과 제도에 길들여진 무연고 고시원생들이고, 공공의 적이라고 할 수가 있는 것이다.

"오늘은 이 고시원에서 저 고시원으로 이주하기 딱 좋은 길일이라고 하였다."

나는 도둑이 아니고, 시위자도 아니요, 나는 무연고자이며 공공의 적이다.

나는 날마다 운수 좋은 날, 즉, 길일吉日을 택해서 이주를 하면서 산다.

박신규 송찬호

김은상 송종규

김병호 전명옥

장인무 박정옥

김순일 오현정

박금선 신혜진

나태주 이복규

조영심 정해영

박신규
집우집주

3천 미터 아래로 내려가자
붓고 토하는 고산병이 사라졌다,
그제야 지고 피는 들꽃들 광활하다
구릉족 집 앞을 지날 때
한 숟갈만 더! 아이 엄마는
밥그릇을 들고 가며 애원하고
아이는 도망치며 웃는다

모니터 앞에 앉아 우두커니
일신상의 사유를 고민하는 밤
잠을 깬 큰애가 울며 방문을 연다
아빠가 오지 않는 꿈이었다고
아이를 다시 재우고 나오다가
해열제에 취한 작은아이
이마를 짚어본다

설산 너머에도 바람 부는 섬에도
밥 한술처럼 내려오는 풍경,
그랬고 그러하고 또 그러할 하루 속에
소풍 갔다 오지 못한 아이들의 운동장
학교 간 아이를 기다리는 집,
지상의 방 한 칸으로 돌아온 아이의 품안엔
웅크린 우주가 잠들어 있었다

박신규 시인의 「집우집주」를 읽으면서 우주론적인 거창한 생각을 지우고, 일상생활의 아주 자그마한 잠자리가 우주라는 생각을 하게 되었다. 우주란 지구를 포함한 은하계 전체를 뜻하는 광활한 세계이지만, 그러나 박신규 시인의 '우주'는 그를 포함한 이 세상의 모든 개인들이 사는 자그마한 잠자리에 지나지 않는다.

　대부분의 인간들은 3천 미터 아래의 지대에 살고, 3천 미터 이상의 고산지대에 사는 사람들은 아주 극소수에 지나지 않는다. 고산지대는 수목한계선과 맞닿아 있으며, 산소와 일조량이 부족하여 대부분의 동식물들이 살아갈 수가 없다. 3천 미터 아래로 내려가자 붓고 토하는 고산병이 사라졌고, 그제서야 넓고 푸른 구릉지대의 들꽃들이 눈에 들어왔다. 구릉족 집 앞을 지날 때는 엄마가 "한 숟갈만 더!"하고 아이에게 애원하듯 밥을 먹이려 하고, 배가 부른 아이는 그 밥을 먹지 않으려고 달아난다.

집에 돌아와 모니터 앞에 우두커니 앉아 일신상의 문제를 고민하는 밤, 잠을 깬 큰애가 울며 방문을 열었다. 아빠가 돌아오지 않는 악몽을 꾼 큰애를 가까스로 재우고 나오다가 "해열제에 취한 작은아이/ 이마를 짚어본다." 모든 풍경이 축소되고, 원자화된다. 설산 너머도 밥 한술처럼 내려오는 풍경이고, 바람 부는 섬도 밥 한술처럼 내려오는 풍경이다. 고산지대도 그렇고, 평야지대도 그렇고, 사막지대도 그렇다. 밥 한술처럼 내려오는 풍경에는 배가 부른 아이도 있고, 아빠가 돌아오지 않는다고 울며 깨어나는 아이도 있다. 밥 한술처럼 내려오는 풍경에는 소풍을 갔다가 돌아오지 못하는 아이들도 있고, 학교를 간 아이를 기다리는 집도 있다. 모든 사람들은 지상의 방 한 칸으로 돌아온 아이와도 같고, 그 아이의 품안에는 아기곰이나 그밖의 인형 같은 우주가 잠들어 있다.

우주는 집이고, 우주는 잠자리이고, 우주는 보금자리이다. 사나운 비바람을 막아주는 집이 펼쳐지면 좋은 잠이 쏟아지고, 좋은 잠이 쏟아지면 밤하늘의 별들처럼 행복이 그 꿈을 펼쳐 나간다.

우주는 아기곰이고, 우주는 아이의 품안에서 그토록
꿀맛같은 잠을 잔다.

일제의 만행보다도 입시지옥—학원지옥이 더 잔인
한 대학살극이고, 강제징용이나 위안부 피해보다도 세
월호 참사가 만배는 더 끔찍하다. 우리 정치인들과 우
리 학자들은 백치공화국의 저승사자들이며, 우리 한국
인들을 백치민족으로 인도하려는 역사적 사명과 임무
를 맡고 있다.

우리 정치인들과 우리 학자들은 한국인의 삶을 살
며, 모든 영광을 유태인 예수에게 바친다.

종교도, 철학도, 윤리도, 법률도 모른다.

한 마디로 날이면 날마다 성경을 읽으면서도 성경을
읽고 해석할 능력이 없다.

송찬호
악어의 수프

인구 3만의 도시 남쪽에 있는
늪에 악어가 살고 있다
공중에서 내려다보면 늪은
도시가 팔을 쭉 뻗어
대지에 끓이는 프라이팬 같다

도시는 자주 악어사냥꾼들을 늪에 보낸다
그때마다 악어는
수프를 끓여야 한다
사냥꾼들에게 먹일 수프를 끓여야 한다

악어는 온몸으로 수프를 휘젓는다
머리로
네 다리로
치명적인 억센 꼬리로

사냥꾼들이 도착하면 수프도 완성된다

사냥꾼들은 늪을 샅샅이 뒤진다
총알 구멍 난 늪의 침대를 누군가 가리킨다
놈이 여기 누워있다 도망친 게 틀림없군
사냥꾼들은 웃는다 소리친다 퍼먹는다 맛있는 늪의
수프를!

사투 끝에 악어 한 마리가 늪 밖으로 끌어 올려진다
눈이 가려지고
주둥이가 묶이고
악어의 머리에 무거운 돌이 놓여진다
그대로 악어는 끌려간다
악어를 짓누른 그 돌이 도시의 기초가 되었으니…

사냥꾼들이 떠난 후 늪의 수면으로 천천히 악어가
모습을 드러낸다
늪은 이제 고요하다
악어는 다시 수프를 끓인다
먼 피의 강으로부터
악어의 딸들이 돌아올 시간이다

나는 때때로 만인평등과 민주주의처럼 거짓과 사기와 오류 위에 기초해 있는 말도 없다고 생각한다. 무리를 짓는 동물, 즉, 사회적 동물들은 폭력적인 서열제도(계급질서)가 근본법칙이며, 이 폭력적인 서열제도가 무너지면 그 종들의 운명은 끝장이 나게 된다. 왜냐하면 '만인 대 만인의 싸움'은 사회적 혼란과 무질서 그 자체이며, 어떠한 사회와 조직도 구성될 수가 없기 때문이다. 사회는 소수지배원칙에 기초해 있고, 이 소수의 권력자들이 모든 특권을 다 독점하게 된다. 만인평등과 민주주의는 그야말로 대부분의 인간들의 사회적 불만을 잠재우기 위한 사탕발림의 말에 지나지 않는다.

인간과 인간 사이에도 소수의 지배원칙이 작용하지만, 국가와 국가 사이에도 소수의 지배원칙이 작용한다. 강대국은 소수이고, 약소국은 다수이며, 이 약소국은 강대국의 이익을 위하여 끊임없이 충성을 맹세하지 않으면 안 된다. 고급문화의 기초는 폭력이며, 이 폭력은 원주민(야만인)들을 차렷시키고, 그들의 모든 권리를 다 빼앗을 수 있는 힘을 말한다. 고급문화인은 그 무엇보다도 사나운 침략자이자 정복자이며, 그들의 도덕은 강자의 궤변으로 그 모든 것을 다 합리화시킬 수 있는 폭력에 기초해 있다. 정의는 강자의 이익이 되고 불의는 약자의 족쇄가 된다. 약자는 불의에 무릎꿇고 불의에 종사하며, 정복자의 이익을 위하여 정복자에게 충성을 다 바치는 민족의 반역자이자 패륜아들이라고 할 수가 있다. 유목민(정복자)의 신인 예수의 이름으로 민족시조의 목을 비틀어 버리고, 예수를 위해 살고 예수를 위해 죽겠다는 광신도들이 그것을 말해준다.

귀족 대 천민, 부자 대 가난, 정복자 대 원주민 등, 이러한 대립과 갈등 속에서도 소수의 지배원칙은 사회구성의 근본법칙이며, 그것은 오늘날 도시와 농촌의 문제에도 너무나도 분명하게 드러난다. 오늘날은 농촌공동체가 무너진 시대이고, 농민들은 단지 도시인들의 먹거리를 생산하기 위해 존재할 뿐, 그 사명과 임무가 다 끝나면 너무나도 잔인하고 비참하게 죽어갈 수밖에 없다. 인구 3만의 도시 남쪽 늪에는 악어가 살고 있고, 하늘 높이 공중에서 바라보면 그 늪은 도시가 팔을 쭉 뻗어 대지에 끓이는 프라이팬 같다. 인구 3만의 시골은 농촌사회이고, 우리 농민들이 악어가 된 것은 소위 온갖 육체노동으로 어렵고 힘든 일을 다 하고 있기 때문이다.

하지만, 그러나 도시는 자주 악어사냥꾼들을 늪에 보내고, 그때마다 악어는 수프를 끓이지 않으면 안 되었다. 이 수프, 즉, 이 농업의 생산물은 자기 자신이 먹을 수프가 아니라, 악어사냥꾼들에게 먹일 수프인 것이다. "악어는 온몸으로 수프를 휘젓"고, "머리로/ 네 다리로/ 치명적인 억센 꼬리로" 수프를 끓이지 않으면 안 되고, 도시의 사냥꾼들이 도착하면 그 수프를 바치지 않으면 안 된다. 새벽에 일어나 밤늦게까지 온갖 피와 땀으로 지은 농산물들을 자기 자신은 먹어보지도 못하고, 도시의 상인들에게 팔아야만 하는 참담한 과정이 이와도 같은 것이다.

농민들은 그토록 사납고 흉악한 악어가 되고, 도시의 상인들은 악어를 잡아 파는 사냥꾼이 된다. "사냥꾼들은 늪을 샅샅이 뒤진다/ 총알 구멍 난 늪의 침대를 누군가 가리킨다/ 놈이 여기 누워있다 도망친 게 틀림없군/ 사냥꾼들은 웃는다 소리친다." 이윽고 악전고투 끝에 악어 한 마리가 늪 밖으로 끌어 올려지고, 눈이 가려지고, 주둥이가 묶인다. 악어의 머리에 무거운 돌이 놓여지고, 그대로 악어는 끌려가고, 이 악어들의 희생이 도시문명의 기초가 된다. 악어사냥꾼들을 위해 살고 악어사냥꾼들을 위해 죽는 악어들은 오늘날 서양 문명의 기초가 된 제3세계의 원주민들이라고 하지 않을 수가 없다. 악어의 노동은 농산물과 잉여가치를 낳고, 악어사냥은 악어고기와 악어가죽이라는 잉여가치를 낳는다. 악어는 최고 이윤법칙의 원동력이며, 도시의 자본가들이 악어와 악어가죽을 사랑하는 까닭이 여기에 있는 것이다.

하지만, 그러나 악어사냥꾼들이 도시로 돌아가면 악어의 늪은 평온을 되찾고, 늪의 수면 위로 천천히 악어의 모습이 드러난다. 서로가 서로의 안부인사를 교환하고, 이제는 악어사냥꾼들이 다 먹고 버린 찌꺼기로 악어와 악어의 딸들이 먹을 수프를 끓인다. 악어의 자유, 악어의 평화, 악어의 천국은 그러나 잠시 잠깐뿐이고, 그것은 악어사냥꾼들의 이익을 위한 노동력의 재

충전 시간에 지나지 않는다. 완벽한 착취와 완벽한 약탈의 과정은, 그러나 억압과 지배와 강제라는 원시적인 방법이 아니라, 이처럼 스스로 자발적으로 그 희생의 구조 속에 자기 자신을 참여시키는 것이라고 할 수가 있다. 악어가 악어사냥꾼들의 맛있는 식사를 위해 수프를 끓이고, 그리고 자기 자신의 육체를 그 고기로 기꺼이 바치는 것이다.

송찬호 시인의 「악어의 수프」는 사회적 천민들의 '눈물의 수프'이며, 그 '수난의 역사'를 우화적으로 노래한 명시라고 할 수가 있다. 자본주의 사회는 제국주의와 똑같고, 소수의 귀족들(자본가들)이 생산과 소비의 과정을 다 움켜쥐고, 소비자의 구매의사결정능력까지도 다 빼앗아 버린 사회라고 할 수가 있다. 그토록 사납고 포악한 악어는 육체노동을 하는 농민들이고, 이 농민들은 이른 새벽부터 밤 늦게까지 최고급의 농산물을 생산해내지만 그들에게 돌아오는 것이라고는 고작 피곤하고 지친 육체와 가난과 병과, 심지어는 농약을 먹고 자살하는 것뿐이라고 할 수가 있다. 이 과정은 송찬호 시인이 역설한 대로 악어가 악어사냥꾼들을 위해 그토록 처절하게 수프를 끓이고, 끝끝내는 자기 자신의 육체마저도 먹잇감으로 바치는 것과도 똑같다. 하나도 희생정신이고, 둘도 희생정신이고, 이 악어들의 희생정신이 도시의 자본가들, 또는 도시의 고급문화인들의 삶의 토대가 된다.

모든 고급문화는 「악어의 수프」의 역사이며, 이 땅의 이름없는 사회적 천민들의 희생의 역사라고 할 수가 있다.

지식은 총이고, 칼이고, 지식은 돈이고, 명예이다.

오오, 악어여!

오오, 우리 한국인들이여!

김은상
개종

그리하여 나는 이 세계의 잔혹을 아름답다 말하겠습니다. 무릎은 직립이 바닥에 쓴 예언서였습니다. 인생은 원래 다 그런 것이라던 어른들의 이야기가 나의 노래가 되었을 때 비로소 삶의 탄식은 형형색색 꽃다발 가득한 제단이 되었습니다. 한때 지키고 싶었던 식탁들의 건너편에 내전과 기아와 난민이 있었습니다. 그러나 선악의 저편에 휘트니스 클럽이 자리하고부터 내가 기록한 니코마코스의 윤리학에는 영양소와 칼로리가 가득했습니다. 인류애라는 내장지방을 덜어내기 위해 체지방을 체크하고 근육 강화를 위해 단백질 보충제를 섭취했습니다. 인간적인 너무나 인간적인 오늘의 포즈를 일인미디어에 전시하며 고도를 기다렸습니다. 좋아요와 리트윗을 향유하는 유비쿼터스의 세계에서 아모르파티는 누구나 쉽게 춤출 수 있는 일방통행로였습니다. 도축장에서 패밀리 레스토랑까지의 거리가 멀면 멀수록 미식과 맛집 투어가 숭고해지므로 백화점 명품관이야말로 포스트모더니즘이 현현한 모델하우스였습니다. 인간다움을 지키는 건 인권이 아니라 차르 봄바와 국제통화가치이지만 누구나 미사일방어체제와 안전자산의 주인이 될 수는 없었습니다. 비정규직을 지탱하는 힘이 정규직에 있는 것처럼 다국적기업을 살찌우는 것은 저임금 노동자의 꿈이었습니다. 루이비통과 에르메스, 구찌와 샤넬 같은 세례명이 니체와 데리다와 들뢰즈와 같은 철학자보다 위대한 도덕의 계보이므로 의회와 사법부와 이사회와 노동조합과 페미니스트와 리얼리스트와 모더니스트는 서로 다른 극지에서 임을 위한 행진곡을 부르는 머슬마니아였습니다. 공시지가와 실거래가의 폭넓은 간격에 메리크리스마스가 있었습니다. 노엘. 노엘. 시세차익이야말로 우리가 합창하는 성탄 전야의 칸타타였습니다. 임대할 수 없는 것이 삶이지만 삶은 삶이기 위해 삶이 아니어도 삶이라 적으면 노래가 되었습니다. 지상의 모든 금기는 유치원에 있었습니다.

김은상 시인의 「개종」은 비꼼과 야유의 진수이며, 세기말적인 문명비판의 시라고 할 수가 있다. 지혜는 인류의 횃불이 될 수도 있지만, 그러나 때때로 지혜는 인류의 미래를 파괴하는 재앙(대방화)이 될 수도 있다. 지혜가 도덕에 기초해 있을 때는 인류의 횃불이 되고, 지혜가 탐욕에 기초해 있을 때는 인류의 재앙이 된다. 현대사회는 도덕이 그 종적을 감추고 탐욕이 활보하는 사회이며, 지혜는 기껏해야 탐욕을 실천하는 수단에 지나지 않는다. 잔혹이 아름답고 삶의 탄식이 형형색색의 꽃다발이 되었다. 비꼼은 어떠한 종교적 이념도 믿지 않는다는 것이고, 야유는 피도, 눈물도 없는 인간의 탐욕에 대한 노골적인 적의라고 할 수가 있다. 김은상 시인의 「개종」은 전인류애적인 사랑보다는 인간의 탐욕을 믿는다는 것이고, 그 믿음의 실천으로 성탄 전야에 부르는 칸타타, 즉, 악마의 노래라고 할 수가 있다.

국가도 소멸했고, 세계기구도 소멸했다. 인간과 인간에 대한 신뢰도 무너졌고, 모든 종교도 몰락했다. 국가와 공공의 이익을 위한 단체, 세계평화와 인류의 행복을 추구하던 모든 학교와 종교들이 무너진 결과, '만인 대 만인의 투쟁의 형태'로 온갖 탐욕들이 그 꽃을 피우고 있었던 것이다. 민주주의 사회의 반대편에는 내전과 기아와 난민들이 있고, 선악의 저편에는 휘트니스 클럽이 있고, 내가 기록한 니코마코스의 윤리학에는 영양소와 칼로리가 듬뿍 들어 있다. 인류애는 기껏해야 내장지방에 불과했고, 인간적인 너무나도 인간적인 포즈로 고도를 기다렸지만, 고도는 끝끝내 나타나지 않았다. "좋아요와 리트윗을 향유하는 유비쿼터스의 세계에서 아모르파티", 즉, 운명에 대한 사랑은 일방통행로에 불과했고, "도축장에서 패밀리 레스토랑까지의 거리가 멀면 멀수록 미식과 맛집 투어가 숭고해"지고, "백화점 명품관이야말로 포스트모더니즘이 현현한 모델하우스"였다.

포스트 모더니즘, 즉, 탈현대사회는 이성이 광기가 되고, 목사가 헛소리를 하는 사회에 지나지 않으며, 비정상이 정상이 되는 광기의 사회라고 할 수가 있다. 인간다움을 지켜주는 것도 차르봄바와 국제통화가치이며, 그러나 어느 누구도 미사일방어체제와 안전자산의 주인이 될 수는 없다. 차르봄바는 이 세계에서 가장 큰 수소폭탄을 말하고, 국제통화가치는 가장 안전한 자산의 가치기준표를 말한다. 정규직은 비정규직에 기초해 있고, 다국적 기업은 저임금 노동자의 꿈에 기초해 있다. 루이비통과 에르메스, 구찌와 샤넬 같은 명품들이 니체와 데리다와 들뢰즈와도 같은 철학자보다 위대하고, "의회와 사법부와 이사회와 노동조합과 페미니스트와 리얼리스트와 모더니스트는 서로 다른 극지에서 임을 위한 행진곡을 부르는 머슬마니아"에 지나지 않았다. 따로 따로 영원히 남남으로 살고, 따로 따로 영원히 자기 도착적인 머슬마니아의 노래(임을 위한 행진곡)를 부른다.

성탄절은 공시지가와 실거래가의 차이에 있고, 시세차익이야말로 성탄전야의 칸타타였다. 모든 금기는 유치원에 있고, 이 세상에서 가능하지 않은 것은 없다. "임대할 수 없는 것이 삶이지만 삶은 삶이기 위해 삶이 아니어도 삶이라 적으면 노래가" 되었다.

노엘, 노엘, 기쁘다, 더 큰 시세차익이 탄생하셨네.

　노엘, 노엘, 잔혹극이 너무나도 아름답고, 너무나도 인간적인 '개종의 꽃'이 시세차익으로 피었네.

송종규
착시

꽃의 허리를 살짝 건드렸을 뿐인데
징소리가 난다
꽃잎 한 장의 냄새를 맡았을 뿐인데 석기시대의 젊
은 남자가
쏟아져 나온다
눈을 감고 보면 모두가 꿈결 같다
내 작은 숨결에 파르르 떨리는 우주

📖

　착시錯視는 시각으로 나타나는 착각의 일종이며, 기하학적 착시와 반전의 착시와 물체운동의 착시가 있다. 기하학적 착시는 물체의 크기, 방향, 각도, 모양 등의 평면도형의 성질이 주위의 선과 형의 관계 속에서 다르게 보이는 것은 물론, 같은 길이의 수직선과 수평선이 다르게 보이는 현상 등을 말한다. 달과 태양이 중천에 있을 때보다 지평선에 가까이 있을 때 더 크게 보이는 현상도 기하학적인 착시라고 할 수가 있다.

　반전의 착시는 같은 도형이라도 원근 등의 조건이 바뀌면 다른 도형으로 보이는 것을 말하고, 루빈의 '술잔도형'에서 여자의 얼굴이 보이는 현상 등이 있다. 물체운동의 착시는 유도운동의 착시와 가현假現운동의 착시가 있다. 달밤에 구름이 빠른 속도로 흘러갈 때 달이 구름 사이로 빠르게 흘러가는 것처럼 보이는 것은 유도운동의 착시이고, 영화의 한 장면에서 신이나 부처 등이 인간의 모습으로 나타나는 것은 가현假現운동의 착시라고 할 수가 있다(다음 백과사전).

하지만, 그러나 송종규 시인의 「착시」는 몽상의 착시이고, 시적인 착시이며, 우주적인 착시라고 할 수가 있다. "꽃의 허리를 살짝 건드렸을 뿐인데/ 징소리가 난다"는 것은 새로운 세상이 열렸다는 것을 뜻하고, "꽃잎 한 장의 냄새를 맡았을 뿐인데 석기시대의 젊은 남자가/ 쏟아져 나온다"는 것은 새시대의 주인공이 출현했다는 것을 뜻한다.

시인과 꽃잎의 결합은 새로운 생명의 기원이 되고, 풍물놀이의 제왕인 징소리는 새시대의 개막의 징소리가 되고, 석기시대의 젊은 남자는 더없이 순수하고 건장한 새시대의 주인공을 뜻한다.

몽상이란 밝은 대낮에 두 눈을 감고 자유 자재롭게 상상의 나래를 펼쳐나가는 것을 말한다. 시인은 몽상가이며, 그의 몽상은 시적 몽상이고, 따라서 새시대의 새로운 세상을 꿈꾼다는 점에서 우주적인 몽상이라고 할 수가 있다.

눈을 감고 보면 모두가 꿈결같고, 내 작은 숨결에도 우주는 파르르 떨린다.

꽃은 식물의 생존의 결정체이고, 이 종족보존사업보다 더 고귀하고 위대한 것은 없다. 가장 아름답고 가장 건강한 종의 미래가 이 꽃에 의하여 결정되고, 따라서 시인이 꽃을 보고 시적 몽상에 잠기는 것은 그가 전면적으로 종존보존사업에 참여하고 있다는 것이 된다. 몽상은 새로운 시대와 새로운 세상을 제시하고, 이 위대함의 목표에 따라서 미래의 주인공, 즉, 석기시대의 젊은 남자가 쏟아져 나온다.

송종규 시인의 「착시」의 주인공은 석기시대의 젊은 남자이며, 그에 의하여, 영원한 제국─영원한 이상낙원이 탄생하는 것이다.

김병호
누가 괜찮아, 했을까

온데간데없이 까맣게 흐느끼던 사내는 괜찮아 괜찮아
다 꿈이니까, 다독이는 말에 겨우 숨을 골랐지

십년 전의 내가, 십년 후의 나를 보는
꿈속에서 다시 꿈을 꾸는, 그런 꿈

사내는 기적 없이 기척만으로도
살 수 있겠다, 싶었겠지

아주 떠날 사람처럼 발을 묶고 노래를 묶고
기껏 뒷모습인척, 하고 있었는데

꿈속의 사내나 꿈밖의 사내나
실은 전력으로 달아나고 싶었는지 모르지

그때 사내가 슬펐다면
함박눈이 되었을 텐데

그때 사내가 두려웠다면
당나귀가 되었을 텐데

거기가 어딘가요
우두커니, 사내에게 묻지도 못했지

떠나온 적도 없이 함박눈이 내리고
당나귀의 행방도 모르고

젊지도 않고 늙지도 못한 사내는 잠결에 오줌 누려 다녀온
몇 발자국이 한 생이라 여겼지

눈 위에 다시 쌓이는 눈처럼 꿈에서도
깨고 나서도, 자리를 따질 순 없었지

이 다음이 없을 것처럼 너무 멀리 와 버렸으니까
나는 이곳에 와 본적이 있는 것 같으니까

하루를 살다가 죽는 하루살이와 천년을 사는 소나무 중 어느 삶이 더 나은 것일까? 알렉산더 대왕이나 랭보처럼 요절한 천재들과 오래오래 장수하는 사람들 중 어느 삶이 더 나은 삶일까? 행복하게 살다가 간 사람들과 불행하게 죽어간 사람들 중, 어느 사람의 삶이 더 나은 것일까?

하지만, 그러나, 따지고 보면 이러한 질문들과 가치 평가 자체가 다 쓸모없는 말장난에 지나지 않는 것인지도 모른다. 왜냐하면 선과 악이란 없고, 어느 것 하나 소중하지 않은 것이 없기 때문이다. 하루를 살다가 죽는 하루살이도 소중하고, 천년을 사는 소나무도 소중하다. 요절한 천재들의 삶도 소중하고, 오래 오래 살다가 죽은 사람들의 삶도 소중하다. 행복하게 살다가 죽은 사람들의 삶도 소중하고, 불행하게 살다가 죽은 사람들의 삶도 소중하다. 이 세상에서는 모든 것이 다

조화를 이루고, 모든 것이 가능한 이 세계가 최선의 세계라고 할 수가 있다.

김병호 시인의 「누가 괜찮아 했을까」라고 말한 사람은 시인이자 자연이라고 할 수가 있다. 하루를 살아도 천년처럼 살 수가 있고, 천년을 살아도 하루처럼 살다가 갈 수가 있다. 괜찮다는 말은 별로 나쁘지 않고 보통 이상으로 좋다는 말이면서도 이 세상에서 상처를 입고 실의에 빠진 인간들의 등을 두드려 주고 용기를 북돋아주는 말이라고 할 수가 있다. 십년 전의 내가, 십년 후의 나에게 "괜찮아 괜찮아" 어깨를 두드려 줄 수도 있고, 십년 후의 내가, 현재의 나에게 "괜찮아 괜찮아" 어깨를 두드려 줄 수도 있다.

산다는 것은 언제, 어느 때나 어렵고 힘들고, 산다는 것은 좀처럼 변하지를 않는다. 십년 전의 나나, 십년 후의 나나 모든 것이 가능한 '기적'이란 없고, 기껏해야 살아 있음의 '기적'만이 있을 뿐이다. 이 고통뿐인 생존의 가시밭길에서 "꿈속의 사내나 꿈밖의 사내"는 온힘을 다해 달아나고 싶었을 것이다. 슬플 때면 함박눈이 되고 싶었을 수도 있고, 두려울 때면 당나귀가 되고 싶었을 수도 있다. 함박눈은 눈물이고, 순수함이고, 함박눈은 포근함이고, 슬픔의 해소이다. 당나귀는 두려운 것 앞에서의 굴복이고, 복종이며, 당나귀는 자발적인 충성이고, 스스로 가장 무거운 짐을 짊어진 노예이다.

슬플 때면 함박눈이 되고 싶고, 두려울 때면 당나귀가 되고 싶다는 김병호 시인의 「누가 괜찮아 했을까」는 자기 자신의 존재의 근거를 마련하지 못한 떠돌이─ 나그네의 노래에 지나지 않는다. 십년 전이나 지금이나, 꿈 속에서나 꿈 밖에서나 그 자리, 그곳에 있으면서도 여기가 어딘지도 모르는 사내, "떠나온 적도 없이 함박눈이 내리고/ 당나귀의 행방도" 모르는 사내, "젊지도 않고 늙지도 못한 사내", "잠결에 오줌 누려 다녀온/ 몇 발자국이 한 생이라" 여긴 사내, "눈 위에 다시 쌓이는 눈처럼 꿈에서도/ 깨고 나서도, 자리를 따질" 수는 없었던 사내, 결코 떠나본 적이 없었으면서도 너무 멀리 떠나왔다고 생각하는 사내─.

산다는 것은 고통이고, 슬픔이며, 산다는 것은 생존의 가시밭길을 걸어가는 것이다. 기적도 없이 살아 있다는 기척만으로도 "괜찮아 괜찮아" 서로가 서로의 등을 두드려주며, 그것을 행복한 삶이라고 생각하는 것이다.

인식의 대전환―. 천년을 사는 것이나 하루를 사는 것이나 다 똑같다.

기적이 기척이고, '살아 있음의 기쁨'이 다 기적이다.

모든 인간들은 더욱더 고통스러워하면서도 모두가 다같이 행복하게 산다.

아침에 피었다 저녁에 지는 버섯은 한 달의 섭리를 알지 못하고, 아침에 태어나 저녁에 죽는 쓰르라미는 봄, 가을의 변화를 모르거니, 이들더러 단명이라 한다.

초나라 남쪽엔 명령冥靈이란 나무가 있거늘, 오백년을 살아도 그에겐 봄 한철, 가을 한철 지낸 것에 불과하다 했고, 상고上古 때 대춘大椿이란 나무는 팔천년을 살아도 그에겐 봄 한 철, 가을 한 철 지낸 것에 불과하다 했다. 지금 세상에 몇 백년을 살았다는 팽조彭朝를 들어 장수의 상징을 삼아, 사람마다 다 부러워한다니, 어찌 슬프다 하지 않겠는가?

―장자, 『莊子』에서

전명옥
필독必讀

지나가는 바람들
까무룩한 여러 생 묵은 흙먼지 휙휙

날리며 지우며
한 장씩 넘기고 있다
삶의 고비를 넘겨줄 중요한 대목들
가끔 방점 찍어가며

젖은 눈 습기 지우고
다 읽어냈다는 표정으로 책 귀퉁이를 기웃거리는 구
름그림자

처마 끝의 풍경들 흔들린다
어느 생에선가 놓쳐버린 생의 지침 같은 것
이제야 알겠다는 듯

방금 돌아간 이의 허공의 온기를 더듬던 마지막 헛
손질처럼
　다음 생으로 날아가는 소리들을 쓰다듬으며

　발끝을 잡아당기던 생각의 돌부리들
　꿈속에서 더욱 선명해지고
　금서禁書의 흔적인 듯 지문의 방향 따라 쓸려나간 기
억들
　오독誤讀의 버릇은 이번 생도 여전하여
　못 이룬 연애마저 이뤄줄 수 있겠다는 양
　잘못 받아 적은 붉은 금낭화 꽃말
　이현령비현령

　건너 뛴 행간에서
　읽을 만한 혹은
　읽을 만한 의미가 있는 같은 말들에 골몰하며
　여러 생을 거쳐 오는 동안
　오역誤譯한 배경을 가리키는 손가락들 마구 자라나고
　나는 어느 생에 다시 태어나 제대로 읽혀질 문장일까
　마음이 담장 밑에 버려진

구겨지고 뜯겨나간 책 한 권 같을 때

터벅거리며

철학은 지혜를 탐구하는 학문이며, 이 지혜를 통해서 이 세상의 삶의 이치를 밝혀내는 학문이라고 할 수가 있다. 과연 어떻게 살고, 어떻게 죽는 것이 최선의 삶이란 말인가? 이처럼 삶과 죽음의 문제를 해명하고, 자기 자신의 삶의 이치를 따라서 살아간다면, 그는 어느 누구보다도 아름답고 행복한 삶을 완성하게 될 것이다.

전명옥 시인의 「필독必讀」은 '인생이라는 책읽기'이며, 대단히 심오하고 깊이가 있는 철학적 사유의 소산이라고 할 수가 있다. 이 세상에서 누가 가장 훌륭하고 행복한 사람이라고 할 수가 있는가? 그것은 두말할 것도 없이 책을 가장 많이 읽으며 지혜를 탐구하는 사람이라고 할 수가 있다. 책을 읽는 시간은 자기 자신만을 위한 시간이며, 이 창조적인 시간이 가장 행복한 시간이라고 할 수가 있다. 권력에 아첨하지 않아도 되고,

타인에게 구걸하지 않아도 되는 시간, 때때로 만인들 속에서 자기 자신을 잃어버리고 이 세상의 어중이 떠중이들처럼 살지 않아도 되는 시간, 끊임없이 새로운 지혜를 창출해내며, 단 한 점의 부끄러움도 없이 자기 자신의 삶을 산다는 것, 바로 이것이 모든 독서, 모든 철학의 목적이라고 할 수가 있다.

전명옥 시인의 말에 의하면 이 세상의 모든 것은 책이며, "지나가는 바람들"이 "까무룩한 여러 생 묵은 흙먼지 획획/ 날리며 지우며" 책을 한 장씩 넘긴다. "삶의 고비를 넘겨줄 중요한 대목들"은 "가끔 방점 찍어가며" 구름그림자 역시도 "젖은 눈 습기 지우고/ 다 읽어냈다는 표정으로 책 귀퉁이를 기웃"거린다. "어느 생에선가 놓쳐버린 생의 지침 같은 것/ 이제야 알겠다는 듯" 처마 끝의 풍경들 흔들리고, "방금 돌아간 이의 허공의 온기를 더듬던 마지막 헛손질처럼/ 다음 생으로 날아가는 소리들을 쓰다"듬는다. 바람들, 구름들, 풍경風磬들은 모두가 다같이 '인생이라는 책읽기'의 대가들이며, 그들은 모두가 다같이 금서와 오독과 오역의 배경을 성찰하는 자기 반성의 대가들이라고 할 수가 있다. 발끝을 잡아당기던 생각의 돌부리들도 있었고, 꿈속에서 더욱 선명해지고 금서禁書의 흔적인 듯 지문의 방향 따라 쓸려나간 기억들도 있었다. "못 이룬 연애마저도 이뤄 줄 수 있겠다는 양" 헛소리를 한 적도 있었고, 잘못 받 아 적은 붉은 금낭화 꽃말, 즉, 당신만을 따르겠다라고 거짓말을 한 적도 있었다. "이현령비현령"의 우유부단 함도 있었고, 더욱이 "건너 뛴 행간에서/ 읽을 만한 혹 은/ 읽을 만한 의미가 있는 같은 말들에 골몰"한 적도 있었고, "여러 생을 거쳐 오는 동안/ 오역誤譯한 배경을 가리키는 손가락들 마구 자라나고" 있었다.

책을 읽는다는 것은 자기 자신을 높이높이 끌어 올리 면서, 우리 인간들의 행복을 창출해내고 전인류의 스 승이 된다는 것이다. 전인류의 스승은 미래의 이상적 인 인간이며, 자유와 평등과 사랑을 통해 만인들의 행 복을 연출해낼 수 있는 인간이라고 할 수가 있다. 하지 만, 그러나 '인생이라는 책읽기'는 행복한 책읽기가 아 니고, 금서이고, 오독이고, 오역에 지나지 않는다. 따 라서 전명옥 시인은 그 고귀하고 위대한 목표를 위해 서, "읽을 만한 혹은/ 읽을 만한 의미가 있는 같은 말들 에 골몰"하면서, "나는 어느 생에 다시 태어나 제대로 읽혀질 문장일까"라고 끊임없이 방법적인 고뇌와 성찰을 하고 있는 것이다.

우리의 인생이 전인류의 고전古典과도 같을 때, 우리 인간들의 삶은 얼마나 아름답고 행복한 책읽기가 될 것일까? 금서를 넘어, 오독을 넘어, 그리고 오역을 넘어서 새롭고 멋진 신세계를 향해 갈 때, 우리의 삶의 기쁨은 그 얼마나 황홀할 것이란 말인가? 고전은 필독이고, 새롭고 멋진 신세계로의 여행이고, 삶의 황홀이라고 할 수가 있다.

대한민국 제일의 '필독必讀의 대가'로서 전명옥 시인은 우리 한국인들에게 이렇게 말하고 있는 것인지도 모른다.

고전을 읽으라, 참으로 고전다운 고전을 읽고, 너희들 스스로가 전인류의 스승이 되지 않으면 안 된다.

나는 우리 한국인들 모두가 일등국가의 일등국민의 꿈을 간직하고 살아갔으면 좋겠다. 상호간의 다툼이나 정쟁政爭을 모르고, 삼천리 금수강산에 쓰레기 하나없이, 행복의 지수가 가장 높고 전인류의 존경을 받고 살아갔으면 좋겠다.

오오, 나의 사랑, 나의 조국이여!!

장인무
물들다

말갛게 웃던 푸른 하늘
감나무 이파리 나풀거리던
돌담 가 외할머니 댁
얘야 오늘은
감나무 아래 가지마라
치맛자락 감물 들라

첫 달거리
달무리 닮은 뽀얀 속살
붉게붉게 번지던

감나무 아래 볼그레
타오르던 첫 사랑
수줍어 눈망울 적시던
홍시 빛 추억

📖

이 세상에서 가장 고귀하고 거룩한 말은 사랑이고, 이 사랑 앞에서는 만인들이 하나가 된다. 사랑은 맑고 깨끗하며 순수하고, 사랑은 정직하고 진실되며 자기 자신의 목숨까지도 기꺼이 바친다. 참된 사랑은 영혼이 육체를 감싸고, 참된 사랑은 자기 자신의 정절마저도 바친다. 서로가 서로를 사랑하게 되면 이성이 마비되는데, 왜냐하면 사랑은 종족의 명령이기 때문이다. 사랑으로 태어나고 사랑으로 밥 먹으며, 사랑으로 아이를 낳고 기르며, 사랑으로 죽어간다. 사랑은 종교이고, 우리는 모두가 다같이 사랑의 순교자이다. 사랑은 선악을 초월해 있고, 모든 사랑은 불륜마저도 미화시킨다.

사랑하는 아내를 위해 수많은 사람들을 희생시켜 가며 황금궁전을 짓고, 사랑하는 연인을 위해 대통령의 집무실에서 정사를 한다. 사랑하는 남자를 위해 부모형제와 조국을 배신하고, 사랑하는 애인을 위해 남편과 아이들을 버리고 해외로 도망을 간다. 사랑하는 애인 때문에 전재산을 다 날린 끝에 알거지가 되고, 사랑하는 애인 때문에 온갖 패륜적인 일들을 다 감당하며 끝끝내는 쇠고랑을 찬다. 거짓말쟁이도 사랑의 탈을 쓰고, 사기꾼도 사랑의 탈을 쓴다. 총을 든 강도도 사랑의 탈을 쓰고, 천사도 사랑의 탈을 쓴다. 선생도 사랑의 탈을 쓰고, 강간범도 사랑의 탈을 쓴다. 악마도 사랑의 탈을 쓰고, 정복자도 사랑의 탈을 쓴다. 사랑은 천의 얼굴을 지닌 변신술의 대가이며, 사랑의 탈을 쓴 자는 양심의 가책이나 수치심이 없게 된다. 모든 사랑은 불륜이며, 이 불륜마저도 가장 고귀하고 거룩한 사랑으로 승화된다.

사랑은 물들고, 사랑은 중독성이 강하고, 이 중독성 앞에서는 어느 누구도 예외가 없다. 사랑은 광기가 되고, 광기의 나무는 사랑의 숲이 된다. "말갛게 웃던 푸른 하늘/ 감나무 이파리 나풀거리던/ 돌담 가 외할머니 댁"은 소녀의 사랑이 싹트던 성지가 되고, "얘야 오늘은/ 감나무 아래 가지마라/ 치맛자락 감물 들라"의 외할머니의 만류에도 불구하고 "첫 달거리/ 달무리 닮

은 뽀얀 속살/ 붉게붉게 번지던// 감나무 아래" 그토록
수줍어하던 첫사랑이 활활 타오르게 된다.

장인무 시인의 「물들다」는 첫사랑이고, 홍시 빛 추억
이고, 가장 고귀하고 거룩한 사랑의 꽃이다.

첫 달거리, 뽀얀 속살, 홍시 빛 추억, 모든 인간의 이
성을 마비시키는—.

박정옥
말 방

캄캄한 입 속에서 급히 뛰어 나온 말은 어둠입니다. 이목구비 또렷한 어둠속 또한 고립입니다. 햇빛 차단된 식물성 몸짓으로 던지는 절벽입니다.

입 속은 그러니까 말이 도배된 엄숙한 방으로 어제도 오늘도 그제도 추상적이게 네, 모난 방에 갇혀 도착을 모르고 간략한 일생이 되려합니다. 서사가 되려합니다.

벽지처럼 서 있던 어떤 것은 불씨처럼 살아나 말과 말 사이 모방을 본뜨는 벽보가 되려합니다. 누구에게 얼굴이 되려합니다. 목소리를 끄려합니다. 그리고 격려합니다. 그리고

말의 뒤에 숨어 박수를 칩니다.
박수를 받고 튀어버립니다.

말은 눈과 코와 입과 귀가 있고, 말은 배꼽과 성기와 두 다리와 두 팔도 있다. 말은 살아 있는 생명체이며, 이 말의 생명력에 따라서 그 사회의 행복지수가 결정된다고 할 수가 있다. 말이 싱싱하게 살아 있으면 그 사회는 상호간의 믿음과 행복에 기초해 있는 사회가 되고, 말이 싱싱하게 살아 있지 못하면 그 사회는 상호간의 반목과 불신에 기초해 있는 사회가 된다.

박정옥 시인의 「말방」은 상호간의 반목과 불신에 기초해 있는 사회의 음화이며, 말이 생기를 잃고 갇혀 있거나 도착증을 앓고 있다는 것을 그 무엇보다도 가장 잘 드러내 보여주고 있다고 할 수가 있다. 입은 캄캄하고, 급히 튀어나온 말은 어둠이고, 이목구비 또렷한 말은 어둠 속에 고립되어 있다. 입 속은 햇빛이 차단된 식물성 몸짓의 절벽이고, 말이 도배된 방은 "오늘도 그제도 추상적이게 네모난 방에 갇혀 도착"을 모른다.

요컨대 말은 햇빛이 차단된 식물성 몸짓에 지나지 않으며, 그 어딘가에 가닿을 도착지(목적지)가 없는 것이다. 말이 말의 상대를 잃어버리고, 너무나도 완벽하게 단절되어 있다는 것은 서사를 잃고 간략한 일생이 되었다는 것을 뜻한다.

서사를 잃고 간략한 일생이 되었다는 것은 말의 주체자나 그가 소속된 사회의 새로운 역사와 그 목적을 위해서 장중하고 울림이 큰 서사시의 주인공이 되지 못하고, 자기 자신의 삶의 목적과 존재의 정당성을 잃어버린 하루살이와도 같은 존재가 되었다는 것을 뜻한다. 어떤 인간은 말과 말 사이의 모방을 본뜨고, 어떤 인간은 누구의 얼굴이 되기 위하여 목소리를 끄고 무한한 격려를 하지만, 그러나 그것은 말의 뒤에 숨어 박수를 치는 행위에 지나지 않는다.

말은 어둠이고, 이목구비 또렷한 어둠이고, 말은 햇빛이 차단된 식물성 몸짓이다. 말은 절벽이고, 네모난 방에 갇힌 벽보이고, 말은 불씨이고, 누구의 얼굴이고, 박수를 받고 튀어버린 도착증 환자이다.

말은 환하게 웃어야 하고, 말은 분명한 목적지를 밝히고, 수많은 사람들의 질문과 성원에 응답을 해야 하지만, 말은 자기 자신의 방에 갇혀 있거나 어쩌다가 수 많은 사람들의 박수를 받으면 순식간에 그 형체도 없이 달아나 버린다.

말 방, 세기말적인 자폐증과 자기 도착증의 진원지인 말 방—.

말이 그 생명력을 잃고 음지식물이 되어가는 말 방—.

말이 말을 잃고 즐거워하고 기뻐할 그 어떤 것도 없다.

우리 인간의 세상에서 말처럼 굳세고 목질이 좋고, 말처럼 아름다운 꽃과 열매를 지닌 것은 없다. 말은 상냥하고 심지가 곧고, 언제, 어느 때나 정의로운 길로 인도하며, 서로가 서로를 진심으로 사랑할 수 있게 해준다. 부모형제, 단군, 하나님, 도덕, 종교, 사상, 이념, 가정, 군대, 학교, 경찰, 회사, 국회, 정부, 진리, 허위, 선악, 남녀 등—, 이 모든 것은 말의 꽃이자 열매라고 할 수가 있다. 말보다 키가 크고, 말보다 힘이 세고, 말보다 빠르고, 말보다 높이 나는 것은 이 세계에 없다.

말은 명령하고, 말의 명령으로 우주가 탄생하고, 말은 모든 것들의 영원을 원하고, 이 생명의 숲을 가꾼다.

김순일
벽
— 시의 날개

내가 처음 시의 벽을 타고 넘으려고 날개의 깃털을
키울 때 은사 한성기의 '바람이 맛 있어요'를 매일 숨
쉬며 살았지 만나는 이들 모두 '나'의 숨소리가 보이지
않는다는 거야

서정주에 푸욱 빠졌을 때는 '질마재 신화'를 가슴 깊
이 품고 살았는데 나와 살을 맞대고 살겠다던 시의 여
신이 나의 살냄새가 없는 나하고는 살맛이 없다고 떠
나버린 거 있지

날개를 접고 만해의 깊고 넓은 바다에 닻을 내리고
살면서 '임의 침묵'이 내 시의 젖줄이라고 믿었었지 그
런데 네 영혼은 어느 절 수행승으로 놔두고 왔냐며 사
람 맛이 나지 않는다고 타박하는 거야

우유니 소금사막*을 건너가듯 시의 갈증을 풀어 줄 푸른 숲을 찾아가던 내 시의 날개는 어디서 파닥이고 있을까 하염없이 집으로 돌아온 봄날

　　수선화 앞에 쪼그리고 앉아 노랑노래 소리가 들린다며 나비손짓을 하는 다섯 살배기 손녀!

　　그 손녀 아이가 내 시의 날개가 날아 넘어야 할 벽이라는 것을 비로소 알았네

　　* 볼리비아에 있는 세계 제일의 소금사막

만일, 인생이 예술이라고 한다면 어느 누구도 더럽고 추하게 살지는 않을 것이다. 예술이란 아름다움이며, 있어야 할 것은 꼭 있어야 하고, 그 어떠한 군더더기가 하나도 없어야 할 것이다. 아름다움이란 가장 독창적이고 새로운 것이며, 아름다움을 창조한 자는 그 아름다움 속에 자기 자신의 붉디 붉은 피와 생명과 영혼까지도 다 불어넣지 않으면 안 된다. 목숨을 걸면 예술이 되고, 목숨을 걸지 않으면 사기가 된다. 인생이란 예술과 사기 사이에 놓여진 밧줄과도 같으며, 사기의 말로는 비참하고, 예술의 결과는 더욱더 아름답다. 사기꾼은 눈앞의 이익을 위하여 타인들을 속이는 자와도 같고, 예술가는 전체 인류의 영광과 세계평화를 위하여 자기 자신을 희생시키는 사람과도 같다. 목숨을 걸면 길이 보이고, 목숨을 걸면 좀 더 대범해지고 그 어떤 싸움도 두려워하지 않는 용기가 생긴다. 호머, 셰익스피어, 괴테, 보들레르, 랭보, 반 고호, 폴 고갱, 모차르트, 베토벤 등의 평가의 기준은 그들의 예술작품 속의 순혈성이며, 그 어떠한 대 사상가와 대 작가도 자기 자신의 목숨을 걸지 않은 사람이 없다. 목숨만큼 소중하고 순수하며 진실한 것도 없고, 목숨만큼 만인의 마음을 사로잡고 감동시키는 것도 없다. 붉디 붉은 피로 쓰기만 하면 예술작품의 내용과 형식이 결정되며, 이 내용과 형식은 영원한 생명력을 얻게 된다.

단 하나뿐인 목숨을 걸지 않는다면 그는 고귀하고 위대한 예술가가 될 수 없고, 단어 하나, 토씨 하나, 쉼표 하나, 마침표 하나에도 목숨을 걸어야 그것들이 살아있는 생명력을 얻게 된다. 단어 하나, 토씨 하나, 쉼표 하나, 마침표 하나들이 그가 쓴 문장내에서 살아있지 않다면, 그 문장은 어떤 생명체도 살 수 없는 죽어버린 강에 지나지 않게 될 것이다. 예술과 생명은 하나이며, 시인의 삶은 예술작품 속에서 가장 구체적이고 역동적으로 살아 움직이지 않으면 안 된다.

내가 시의 본질과 시인의 정신을 이처럼 역설하고 있는 것은 김순일 시인의 「벽―시의 날개」를 읽고 그것에 대한 명시감상을 쓰고 싶었기 때문이다. 천하제일

시 속에는 이미 그것에 대한 평이 다 들어 있으며, 독자는, 비평가는 자기가 읽고 느낀 대로 그것을 받아 적기만 하면 된다. 이것은 대목수가 나무를 만난 것과도 같고, 대석공이 돌을 만난 것과도 같다. 좋은 시는 울창한 언어의 숲과도 같고, 좋은 시는 신선하고 맑은 공기와 수많은 생명들을 품어 기르는 언어의 숲과도 같다. 김순일 시인의 「벽」은 그가 '시의 날개'를 얻기까지의 형벌의 역사를 간직하고 있으며, 그가 시인의 날개를 얻고 그 벽을 돌파하기까지의 그토록 오랜 '고통의 지옥훈련과정'을 거쳐왔다는 것을 뜻한다. "한성기의 '바람이 맛 있어요'를 매일 숨쉬며" 살았지만, "나의 숨소리가 보이지" 않았다는 것, 서정주의 "질마재 신화를 가슴 깊이 품고" 살았지만, "나와 살을 맞대고 살겠다던 시의 여신"이 "나의 살냄새가 없는 나하고는 살맛이 없다고" 떠나버렸다는 것, "날개를 접고 만해의 깊고 넓은 바다에 닻을 내리고 살면서 '임의 침묵'이 내 시의 젖줄이라고" 믿었지만, "네 영혼은 어느 절 수행승으로 놔두고 왔냐며 사람 맛이 나지 않는다고 타박"을 맞았다는 것이 바로 그것을 증명해준다. 시인의 길은 멀고 험하고, 손에 잡힐 듯이 잡히지 않는 신기루

와도 같고, 그 타는 갈증은 '우유니 소금사막'을 건너
가며 푸르디 푸른 숲과 오아시스를 찾아가는 나그네
의 꿈과도 같다.

　은사 한성기의 '바람이 맛 있어요'를 매일 숨쉬며 살
아도 그것은 한성기의 시이지 나의 시가 아니고, '질마
재 신화'를 아무리 가슴 깊이 품고 살아도 그것은 서
정주의 시이지 나의 시가 아니고, 제아무리 만해의 '임
의 침묵'이 내 시의 젖줄이라고 그 넓고 깊은 바다에
닻을 내려도 그것은 만해의 시이지 나의 시가 아니다.
이처럼 자기 스스로 '우유니 소금사막'을 만들고 그 소
금사막을 건넌 결과, 드디어, 마침내, "다섯 살배기 손
녀"를 통해서 우화등선의 날개를 얻게 되었던 것이다.
"수선화 앞에 쪼그리고 앉아 노랑노래 소리가 들린다
며 나비손짓을 하는 다섯 살배기 손녀"는 최초의 시인
이자 최후의 시인이었던 것이다. 시와 대상도 하나이
고, 시인과 생명도 하나이고, 시인과 언어도 하나이다.
시와 대상, 시인과 생명, 시인과 언어—, 이 삼원일치
속에서, 노랑수선화 앞에서 노랑노래 소리를 들으며
나비날개를 얻은 손녀처럼, 그 모든 벽을 돌파할 수 있
는 시의 날개를 얻을 수가 있었던 것이다.

김순일 시인의 「벽」은 시의 날개를 얻은 순수예술의 극치이며, 시인 정신의 승리라고 할 수가 있다.

목숨을 걸어라! 목숨을 걸면 시의 날개를 얻고 그 어떤 우유니 소금사막도 가볍고 산뜻하게 건너갈 수가 있을 것이다.

오현정
하쿠나마타타*

남아프리카 여행 중 만난
현지인 가이드 지미
두 귀를 떼어내 머리에 붙이면
영락없이 하마 닮은
하지만 반갑다며 내미는 검은 손길
목화송이처럼 부드러웠다

여행 중 목이 아파 연달아 기침을 할 때마다
하쿠나마타타
낯선 물갈이 병으로 끙끙거릴 때에도
하쿠나마타타
짐바브웨의 검은 햇살이 빙긋이 웃는다

모국의 여왕을 흠모한 리빙스턴의 세레나데
빅토리아 폭포소리 너머로

아슴푸레 떠오르는 무지개를 가리키며 연신
하쿠나마타타

다이아몬드처럼 반짝이던 하얀 이 드러내며
하쿠나마타타, 연발하던
그 사내의 눈빛이 가을하늘에 아물거린다
내가 허기뜽할 때마다

* 하쿠나마타타: 아프리카 언어로 '다 잘 될거야'란 뜻.

이 세상의 삶을 가장 아름답고 풍요롭게 사는 방법 중의 하나는 여행이며, 여행은 이 세상의 삶의 긍정과 삶의 찬양의 최고급의 방법 중의 하나라고 할 수가 있다. 모든 역사는 지리에서 시작된다는 말이 있듯이, 삶의 조건이 다르면 그 주체자들의 역사와 전통과 풍습이 다르게 되어 있고, 이 다름을 통해서 그들의 삶의 지혜를 배울 수가 있다. 삶의 지혜는 고통을 극복하고 최고급의 행복을 연주할 수 있는 비법이며, 여행자의 가장 큰 대가이자 소득이라고 할 수가 있다.

아는 것만큼 보이고, 보이는 것만큼 가장 아름답고 풍요롭게 살 수가 있다. "남아프리카 여행 중 만난 지미"는 "현지인 가이드"이고, "두 귀를 떼어내 머리에 붙이면/ 영락없이 하마를 닮은 모습"이었다. 하지만, 그러나 반갑다며 내미는 그의 검은 손길은 목화송이처럼 부드러웠고, 어떤 사건과 현상을 만날 때마다 '하쿠나마타타'를 연발하고 있었다. 목이 아파 연달아 기침을 할 때에도 '하쿠나마타타'였고, 빅토리아 폭포소리 너머로 아슴푸레 떠오르는 무지개를 가리킬 때에도 '하쿠나마타타'였고, 나의 삶의 근거가 기우뚱거릴 때에도 '하쿠나마타타'였다. '하쿠나마타타'는 '모든 것이다 잘 될거야'라는 말이었고, 이 절대 긍정의 말에서 짐바브웨의 검은 햇살이 빙긋 웃으며, 그의 하얀 이빨이 다이아몬드처럼 반짝거리게 되었다.

하쿠나마타타—, 여행자의 피로와 병도 문제가 될 것이 없었고, 하쿠나마타타—, 현지 가이드인 지미의 어렵고 힘든 삶과 고통도 문제가 될 것이 없었다.

고통이 있기 때문에 행복하게 살 수가 있고, 행복하게 살 수가 있기 때문에 고통이 필요했다. '모든 것이다 잘 될거야', '모든 것이 다 잘 될거야'라고 외치다 보면 고급문화인이 되고, 그의 삶의 지혜는 만인들의 행복의 기초가 된다.

술을 마실 필요도 없고, 마약을 구입할 필요도 없다. 고통도 없고, 슬픔도 없으며, 끊임없는 삶의 긍정과 삶의 찬양만이 있다.

「하쿠나마타타」의 기적은 행복이며, 오현정 시인은 최고의 여행 시인이라고 할 수가 있다.

박금선

아무 일 없는 것처럼

그날 돌아보니 대하들의 화형식이었다
몇 마리인지 세어보지도 못하고
저울에 올려 무게로 값을 치르고
살아서 펄펄 뛰고 있는
대하의 상품성을 확인하기 급급했다
지느러미도 삐죽삐죽 신선한 것을
벌겋게 달아오른 불길 속으로
한꺼번에 밀어 넣었다
뚜껑을 닫은 팬 속에서 이리저리 뒤엉켜
튀어 오르는 장면도
발버둥치는 구원의 소리도 외면하고
여럿이 둘러앉아
수다를 떨며 구이가 되길 기다렸다
그것들이 지글지글 익을 때까지
분위기가 막 달아오를 때까지

그렇게 많은 대하들의 주검을

바라보았다

눈물 한 방울 없이

지옥의 문지기처럼 앉아있었다

죽어 빨갛게 꽃이 된 대하

껍질을 벗기고

악마처럼 그 뜨거운 몸을 우리는

허겁지겁 먹었다

아무 일 없는 것처럼

그날 밤 꿈속에서

대하들이 슬프게 흐느끼는 소리를 들었다

📖

우리 인간들은 채식과 육식을 겸하는 잡식성 동물이기는 하지만, 이 세상에서 가장 악질적인 동물이라고 할 수가 있다. 대부분의 동물들은 육체를 보존하기 위한 최소한도의 식사만을 하고, 그 나머지 시간은 놀이와 잠으로 충당하며 매우 즐겁고 기쁘게 살아간다. 저축과 축재를 모르며 순간에 살고 순간에 만족하며, 태풍과 홍수와 가뭄 등과도 같은 천재지변에는 자기 자신의 생명을 자연의 섭리에 맡겨버린다.

이에 반하여, 우리 인간들은 최소한도의 식사는커녕, 저축과 축재를 근본으로 하며, 지나치게 산해진미의 과식을 즐긴다. 뭇생명들에 대한 존경과 감사함도 모르고, 오직 취미와 여가선용을 위해 사냥과 낚시를 즐기고, 타인들을 구원하고 이상낙원을 건설한다는 미명 아래, 그토록 잔인하고 끔찍한 전쟁들을 연출해낸다.

모든 종교와 신앙은 만악의 근원인 탐욕을 제거하는 생명존중사상에 기초해 있으며, 이 '탐욕'을 척결하기 위한 방법으로 양심의 가책을 발명해냈던 것이다. 나의 생명이 소중한 것과 마찬가지로 타인(다른 동물들)의 생명도 소중한 것이며, 인간의 먹이활동은 최소한도의 활동에만 그쳐야 한다는 것이 그것이다. '함부로 살생하지 말라'라는 정언명제는 그래서 탄생한 것이고, 이 정언명제에 의해서 '모든 것이 내탓이다'라는 원죄의식(양심의 가책)이 생겨났던 것이다. 생명이 생명을 먹는다는 것은 원죄의식이 되고, 이 원죄의식은 다른 생명들에 대한 감사함과 죄송함에 기초해 있다고 하지 않을 수가 없다.

　　박금선 시인의 「아무 일 없는 것처럼」은 원죄의식, 또는 양심의 가책의 극치이며, 우리 인간들의 야만적인 잔혹극을 고발하며 대속하는 시라고 할 수가 있다. 우리들의 즐거운 식사는 '대하들의 화형식'에 지나지 않았고, '대하들의 화형식'은 우리 인간들의 미식취미를 위해 "벌겋게 달아오른 불길 속으로" 대하들을 산 채로 집어넣는 잔혹극에 지나지 않았다. "발버둥치는 구원의 소리도 외면하고/ 여럿이 둘러앉아/ 수다를 떨며 구이가" 되기를 기다렸고, "눈물 한 방울 없이/ 지옥의 문지기처럼" "죽어 빨갛게 꽃이 된 대하의/ 껍질을 벗기고/ 악마처럼 그 뜨거운 몸을 우리는/ 허겁지겁 먹었다."

아무 일도 없었고, 아무 일도 없었다. 하지만, 그러나 "그날 밤 꿈속에서/ 대하들이 슬프게 흐느끼는 소리를 들었다." 반성과 성찰은 원죄의식을 낳고, 모든 것이 '내탓이다'라는 양심의 가책을 통하여 자기 자신과 우리 인간들의 마비된 의식을 일깨운다. 시인은 우리 인간들의 아버지이며, 스승이고, 최후의 심판관이라고 할 수가 있다. 눈앞의 이익을 보면 전체의 이익을 생각하고, 전체의 이익을 위하여 자기 자신의 그 모든 탐욕을 다 내다버린다.

시를 쓴다는 것은 끊임없이 양심을 생산해내며, '아무 일도 없는 것처럼' 오만방자하게 모든 잔혹극을 연출해내는 우리 인간들의 사악함을 대청소해버리는 것이다. 대하구이는 대하들의 고문이자 화형식이고, 우리 인간들은 뭇생명들에 대한 고마움과 감사함은커녕, 그것을 일상생활의 축제처럼 즐기고 있었던 것이다. 미식취향은 요리문화를 낳고, 요리문화는 모든 침략

과 약탈과 살육마저도 미화시키는 악마의 짓에 지나
지 않는다.

　박금선 시인의 「아무 일도 없는 것처럼」은 천하제일
의 명시이며, 우리 인간들의 야만적인 잔혹극을 고발
하며, 전체 인류와 뭇생명들의 공존을 위하여 대속하
고 있는 시라고 할 수가 있다.

신혜진

어느 봄 도서관의 오후 두시

커다란 구두가 남자를 끌고 일어선다
열람실 한편의 붙박이가 사라지며
오후 두시의 고요가 끌려간다
저벅 저벅

숨죽인 책상 위로 그가 걷는다
쓰기공부 하는 아주머니 천자문 글자들이
우루루 쏟아진다
네루다와 눈을 맞추던 여학생 눈동자가
동그랗게 끌려나간다
저벅 저벅

정숙, 핸드폰을 꺼주세요를 밀치고
복도의 무료를 밀치고
해를 따라 얼굴이 돌아간 벤자민의 반짝임을 밀치고

그가 걸어간다

복도 끝
막 흐드러진 복사꽃 속으로 커다란 구두가 들어선다
남자를 복사한 복사꽃이 진다
저벅 저벅

오후 두시가 진다

신혜진 시인의「어느 봄 도서관의 오후 두시」는 인간이 도구가 되고, 구두가 주인이 되는 신분의 역전현상(대반전)이 일어나며, 이 세상의 삶을 더없이 우울하고 쓸쓸하게 이끌고 나간다. 인간은 생명 없는 도구가 되고, 구두는 생명 있는 주인이 된다. 왜, 무엇 때문에, 만물이 소생하는 봄날, 책을 읽으며 미래의 주인공으로 거듭나야 할 남자를 그처럼 볼품 없는 초라한 인간으로 묘사하게 되었던 것일까? 그것은 두말할 것도 없이 그가 힘찬 일터를 잃었기 때문이다.

　어떤 남자는 실직을 하고 새로운 일자리를 얻기 위해 도서관에 나왔지만, 그러나 새로운 일자리에 대한 희망을 얻지 못한 채 도서관을 떠나는 순간을 신혜진 시인은 그의 날카롭고 섬세한 시적 감수성으로 포착한 것이다. 때는 어느 봄날이고, 장소는 도서관이며, 시간은 오후 두시이다. 남자가 도서관을 떠나려고 일어섰

고, 남자는 도서관의 열람실을 나갔다. 천자문을 공부
하는 아주머니들과 네루다의 시를 읽던 여학생의 눈동
자가 그를 보았다.

　　정숙, 핸드폰을 꺼주세요를 밀치고
　　복도의 무료를 밀치고
　　해를 따라 얼굴이 돌아간 벤자민의 반짝임을 밀치고
　　그가 걸어간다

　　복도 끝
　　막 흐드러진 복사꽃 속으로 커다란 구두가 들어선다
　　남자를 복사한 복사꽃이 진다
　　저벅 저벅

　　오후 두시가 진다

　부모형제와 처자식을 죽인 원수는 용서할 수 있어도
전재산을 빼앗은 원수는 용서할 수 없다는 말이 있다.
모든 싸움은 밥그릇 싸움이고, 모든 전쟁은 영토전쟁
이다. 일터는 밥그릇이고 영토이며, 일터는 돈과 명예

와 권력의 꽃이 피는 삶의 터전이다.

실직, 즉, 힘찬 일터를 잃고 일자리의 희망이 없다는 것은 남자의 인생의 조종弔鐘이 울렸다는 것이다. 일터가 있는 사람은 구두를 신고 가지만, 구두는 일터가 없는 사람을 끌고 간다. 구두는 저승사자가 되고, 남자는 희생양이 된다. 아주머니와 여학생과 그밖의 도서관 사람들은 관객이 되고, 연극의 주제는 최후의 심판이 된다. 최후의 심판은 비극이자 막장극이 되고, 끝끝내 「어느 봄 도서관의 오후 두시」를 붉디 붉은 복사꽃으로 물들인다.

저벅 저벅, 남자가 끌려가고, 저벅 저벅, 복사꽃과 오후 두시가 진다.

붉디 붉은 복사꽃은 슬픔의 꽃이고, 오후 두시는 한창 일할 젊은이, 기껏해야 3~40대의 남자를 뜻할 것이다.

나태주
시

마당을 쓸었습니다
지구 한 모퉁이가 깨끗해졌습니다

꽃 한 송이 피었습니다
지구 한 모퉁이가 아름다워졌습니다

마음속에 시 하나 싹텄습니다
지구 한 모퉁이가 맑아졌습니다

나는 지금 그대를 사랑합니다
지구 한 모퉁이가 더욱 깨끗해지고
아름다워졌습니다.

시인이란 아름다움을 추구하는 사람이며, 아름다움이란 모든 것의 이상적인 상태를 말한다. 아름다운 것은 완전한 것이고, 완전한 것은 전지전능한 신만이 창조할 수가 있는 것이다. 신이란 우리 인간들의 이상적인 모델이며, 모든 것의 궁극적인 원인이라고 할 수가 있다.

아름다운 것은 완전한 것이고, 완전한 것은 모든 사람들을 감동시킨다. 이 세상에서 가장 훌륭한 사람은 타인을 감동시킬 수 있는 사람이며, 타인을 감동시킬 수 없는 사람은 그 어떤 일도 성공시킬 수가 없다.

"마당을 쓸었습니다/ 지구 한 모퉁이가 깨끗해졌습니다." "꽃 한 송이 피었습니다/ 지구 한 모퉁이가 아름다워졌습니다". "마음속에 시 하나 싹텄습니다/ 지구 한 모퉁이가 맑아졌습니다". "나는 지금 그대를 사

랑합니다/ 지구 한 모퉁이가 더욱 깨끗해지고/ 아름다
워졌습니다."

사소하고 별 볼 일 없는 것도 아름다울 수가 있고, 고
귀하고 위대한 것도 아름다울 수가 있다. 때로는 사소
하고 별 볼 일 없는 일이 더 고귀하고 위대할 수도 있
고, 때로는 고귀하고 위대한 것이 더 사소하고 별 볼
일 없는 것일 수도 있다. 왜냐하면 아름다움은 크기의
문제가 아니라 감동의 문제이기 때문이다. 마당을 쓰
는 일, 꽃 한 송이 피우는 일, 시 하나 싹 틔우는 일,
그대를 사랑하는 일은 아주 사소하고 별 볼 일 없는 일
일 수도 있지만, 그러나 그것은 말보다는 실천을 앞세
우며, 이 지구를 대청소하는 일이라고 할 수가 있다.
때로는 작은 것이 더 크고, 별 볼 일 없는 것이 더 고
귀하고 위대하다. 나태주 시인은 늘 작고 사소한 것에
주목하며, 이 작고 사소한 것들의 아름다움을 통해 하
늘마저도 감동시킨다. 그가 마당을 쓸면 지구 한 모퉁
이가 깨끗해지고, 그가 꽃 한 송이를 피우면 지구 한
모퉁이가 아름다워지고, 그가 시를 쓰면 지구 한 모퉁
이가 맑아진다.

천리 길도 한 걸음부터이고, 시골 모퉁이, 키 작은 시인 하나가 전인류를 감동시킨다.

시인이란 아름다움의 창조주이며, 전지전능한 신이란 우리 시인들의 호위무사에 지나지 않는다.

이복규
사랑의 기쁨

효원동에는 김세중(1928~1986) 미술관 '예술의 기쁨'이 있다. 부부가 함께 살던 집을 기증해 2015년 남편의 미술관을 세운 것이다. 광화문 사거리 큰 칼 차고 서 있는 이순신 장군의 동상을 새긴, 조각가 김세중 씨의 아내는 시인이었다 시인은 구십이 넘은 나이에도 남편을 시처럼 지키고 계셨다. 미술관 마당 수백 년 넘은 상수리나무 한 그루에는 부부의 정보다 더 깊고 넓은 기쁨 있어 차마 베지 못하고 나무 주위로 미술관을 지었다고 한다. 시인과 조각가의 사랑이 연하고 연하여 나무 옆에 전시된 기도하는 수녀상의 쇠마저 나뭇가지처럼 연하고 연하여 부드럽게 흘러내린다. '예술의 기쁨'은 사랑의 기쁨을 이기지 못한다 그녀의 시는 사랑 때문에 아직 살아 있고 '심장이 아프다', 그것을 '아무도눈치채지못한다' 아무도 눈치 채지 못한다 아무도 아무도 아무도雅舞道

* 『심장이 아프다』-김남조 시인 17시집 제목.
* 아무도눈치채지못한다-미술관 벽면에 걸린 문구.

사랑과 예술은 어떤 관계일까? 사랑이 더 소중하고 예술은 덜 소중한 것일까? 이복규 시인의 「사랑의 기쁨」을 읽으면서 이러한 생각을 잠시 잠깐해 보았다. 이복규 시인의 「사랑의 기쁨」은 예술보다 사랑에 더 강조점을 두고, 김남조 시인의 남편에 대한 사랑을 시(예술)로 승화시킨 것이다. 사랑과 예술은 둘이 아닌 하나이며, 아름답지 않은 사랑, 즉, 예술로 승화되지 않은 사랑은 사랑이 아니다.

　사랑도 아낌없이 주는 것이며, 예술도 아낌없이 주는 것이다. 사랑과 예술이란 무보상적인 것이며, 우리 인간들의 더러운 욕망으로부터 벗어난 것을 말한다. 로미오가 죽으면 줄리엣도 죽고, 줄리엣이 죽으면 로미오도 죽는다. 사랑이 죽으면 예술도 죽고, 예술이 죽으면 사랑도 죽는다. 사랑의 미적 형태가 예술이고, 예술의 물적 토대가 사랑이다. 백척간두의 위기에서 조

국을 구한 성웅 이순신의 동상을 제작한 김세중은 김
남조 시인의 남편이고, 그 남편의 사후, 김남조 시인은
김세중의 또하나의 걸작품인 자택을 나라에 기증하고,
'예술의 기쁨'이란 미술관을 세운 것이다.

　하지만, 그러나 이복규 시인은 "예술의 기쁨은 사랑
의 기쁨을 이기지 못한다. 그녀의 시는 사랑 때문에 아
직 살아 있고 심장이 아프다"라고 말하고 있지만, '사
랑의 기쁨'은 '예술의 기쁨'으로 승화되지 않으면 그 생
명력을 얻을 수가 없다는 것을 모른다. 아니, 이 말은
반어反語가 되어야 하고, 따라서 그는 사랑 때문에 심
장이 아픈 김남조의 마음, 즉, 아무도 눈치채지 못하
는 그 마음을 읽고, 이처럼 아름답고 뛰어난 시를 쓰
게 된 것이다.

　아무도 아무도 아무도雅舞道, 시란, 예술이란, 아무
도 눈치채지 못하는 불꽃이며, 가장 우아한 불꽃놀이
의 춤인 것이다. 사랑의 기쁨이란 예술의 기쁨 없이 타
오르지 못하고, 예술의 기쁨이란 사랑의 기쁨 없이 타
오르지 못한다. 이복규 시인의「사랑의 기쁨」은 예술의
기쁨이며, 조각가 김세중과 시인 김남조의 사랑을 시
적으로 노래한 시라고 할 수가 있다. 아무도, 아무도,

아무도라는 반복적인 리듬과 그 무아지경의 황홀 속에서 이 세상에서 가장 우아한 예술의 불꽃이 타오르고 있는 것이다.

　모든 사상가는 전인류의 행복을 위해 자기 자신의 그 모든 것을 다 바친 성자라고 할 수가 있다. 사상가는 자기 자신보다는 이웃, 이웃보다는 국가와 민족, 국가와 민족보다는 전인류의 행복을 위해 최고급의 지혜를 창출해낸다. 우리는 어렵고 힘들 때마다 이 사상가들의 가르침을 따르며, 그 모든 난제들을 극복해나갈 수 있다.

　당신도, 당신도 전인류의 스승인 사상가가 되기 위하여, 모든 성욕과 물욕과 당신의 인간적 삶마저도 희생시킬 준비가 되어있는가?

조영심
그리움의 크기

그리움에는 닿지도 못할 한 뼘 엽서를 본다

휠체어에 앉은 그녀가
간절한 전언인 양
최초의 선언인 양
붙잡고 있는

방금 보았지만 돌아서면 다시, 울컥
보고 싶어지는 온몸이 서늘해지는 그림

　몸과 정신의 이별을 견딤으로 버티는 벼랑 끝에서도
한 줄 소식에 달게, 매달리는 날들

　단단한 그리움 아쉬움 모두를 이 작은 종이그릇에 어
떻게 다 담을 수 있을까

바다 건너온 바람이 옆에서 소리 높여 활자를 읽어
주자
  다섯 줄 골똘한 단문
  한 뼘씩 목마른 곡절로 행간을 넓혀가며
  다섯 장 장문으로 커가는 중인지

  하늘이나 알고 땅이나 알고 있을
  그녀만의 방언,
  내 속까지 파고드는 둥그런 파동
  자꾸 터져만 간다

그리움의 기원에는 외로움이 있고, 외로움의 기원에는 소외감이 있다. 소외감이란 어떤 집단이나 가족으로부터 버림을 받았다는 것을 말하고, 버림을 받았다는 것은 그만큼 외롭고 처절한 슬픔을 동반한다. 예로부터 사형 다음에 가장 무서운 형벌이 강제추방(유배)이었던 것이며, 강제추방된 사람은 공동체 바깥에 있는 사람, 즉, 공동체 사회가 제공하는 어떠한 안전장치도 없는 사람을 말한다. 떠돌이—나그네, 이방인, 거지, 죄인, 요양병원, 노인병원 등의 사람들은 소외를 당한 사람들이며, 유배 아닌 유배 생활을 하는 사람들이라고 할 수가 있다. 이 유배지에서는 사람과 사람이 그립고, 이 그리움의 감정에서 로빈슨 크루소나 오딧세우스와도 같은 전형적인 인물들이 탄생하게 된다. 너무나도 그립고 그리운 조국이나 고향으로 돌아가는 것, 사랑하는 아내와 가족들의 품에 안기는 것, 너무나도 따뜻하고 다정한 이웃들과 친구들과 노래를 부르고 춤을 추며 이 세상의 행복을 향유해보는 것, 바로 이것이 모든 사람들의 마음을 사로잡고 있는 것이다.

하지만, 그러나 오늘날의 그리움이나 소외의 감정은 장소와 장소, 또는 거리와 거리의 문제가 아니라, 자본주의적인 생산양식과 사상과 이념, 저출산과 고령화의 문제라고 할 수가 있다. '저비용—고효율'의 자본주의적 생산양식과 군집형태는 닭장과도 같은 주거형태를 제공했고, 인간보다는 돈을 숭배하는 물신주의는 인간과 인간의 관계를 파괴했으며, '저출산—고령화의 문제'는 전통적인 가족과 그 위계질서를 파괴해버렸다. 스마트폰과 컴퓨터가 있으면서도 대화의 벽은 차단되어 있고, 실시간대로 자본과 인구 이동이 가능해졌으면서도, 실제로는 자기 자신의 주거의 장소와 마음의 고향을 잃어버렸다. 인공지능과 로봇과 드론과 사물인터넷 등이 어렵고 힘든 일을 대신해줘도 일의 성취감을 찾을 수가 없게 되었고, 수많은 사람들을 만나서 이야기와 정담을 나누면서도 서로가 서로를 신뢰할 수가 없게 되었다. 오늘날의 소외는 군집구조 속의 소외이고, 사상과 이념의 소외이며, 저출산—고령화와 전통적인 가족의 해체에 따른 소외라고 할 수가 있다.

당신도, 당신도, 당신이 누구인지를 모르고 있었고, 나도, 나도, 내가 누구인지를 모르고 있었다. 어디서 와서 어디로 가는지도 모르고 있고, 우리는 모두가 '남남, 또는 타인'으로만 존재하고 있었다. 나는 나에게 영원한 타인이고, 이 영원한 타인은 타인이면서도, 또한, 당신의 영원한 '나'라고 할 수가 있다. 인간 속의 소외와 군중 속의 소외가 외로움을 낳고, 이 외로움은 또 하나의 영원한 타인에 불과한 자기 자신의 핏줄들을 그리워하게 된다.

조영심 시인의 「그리움의 크기」는 외로움의 크기가 되고, 이 외로움의 크기는 소외감의 크기가 된다. 그리움과 외로움과 소외감의 삼각관계 속에서 인간 소외의 '막장 드라마'가 펼쳐지며, 영원한 타인에 불과한 할머니와 그녀의 딸인 듯한 시적 화자의 "다섯 줄 골똘한 단문"이 "다섯 장 장문으로" 변주되는 「그리움의 크기」가 그 위용을 드러내게 된다. "그리움에는 닿지도 못할 한 뼘 엽서", 즉, 대단히 안타깝고 아쉬운 그리움은 "다섯 줄 골똘한 단문/ 한 뼘씩 목마른 곡절로 행간을 넓혀가며/ 다섯 장 장문으로 커가는 중인지"라는 시구

를 낳고, 그 결과, "하늘이나 알고 땅이나 알고 있을/
그녀만의 방언"이 탄생하게 된다. 하늘이나 알고 땅이
나 알고 있을 그녀만의 방언은 그리움의 내용이 되고,
이 그리움의 내용은 이 세상의 하늘과 땅을 가득 채우
게 된다. 언어에 구체적인 감정을 부여하고, 그 언어
가 살아서 말과 노래가 되고, 「그리움의 크기」는 하늘
과 땅을 가득 채우게 된다.

　한 뼘의 엽서는 우주적인 크기의 그리움이 되고, 이
그리움은 새롭고 멋진 말인 그녀만의 방언으로 "내 속
까지", 아니, 우리들의 가슴 속까지 파고드는 "둥그런
파동"으로 수많은 산울림의 효과까지도 얻게 된다. 조
영심 시인의 「그리움의 크기」는 현실주의의 극치인데,
왜냐하면 "휠체어에 앉은 그녀가/ 간절한 전언인 양/
최초의 선언인 양/ 붙잡고 있는" "한 뼘 엽서를" 너무
나도 정확하고 구체적으로 묘사하고 있기 때문이다.
또한 조영심의 「그리움의 크기」는 심리주의의 극치인
데, 왜냐하면 "한 뼘 엽서를" 통해서 "몸과 정신의 이
별을 견딤으로 버티는 벼랑 끝에서도 한 줄 소식에 달
게, 매달리는" 할머니(어머니)의 심리를 "방금 보았지
만 돌아서면 다시, 울컥/ 보고 싶어지는 온몸이 서늘

해지는" 그리움으로 묘사하고 있기 때문이다. 요양병원의 할머니, 즉, 그리움의 주체자가 처한 위치, 장소, 환경, 입장에서 그의 현실주의와 심리주의가 솟아나오고, 그러나 그 할머니의 그리움을 충족시켜주지 못하는 그림 엽서와 "다섯 줄 골똘한 단문"이 "다섯 장 장문으로 커가는" 반전에 의해서 조영심 시인의 「그리움의 크기」는 철학적 내용을 부여받으며, 우주적인 크기로 확대된다. 새 술은 새 부대에 담아야만 하고, '몸과 정신의 이별을 견딤으로 버티는' 요양병원의 그리움의 말과 소리와 그 크기도 새로운 말과 소리와 새로운 내용을 담고 있지 않으면 안 된다. 그리움이 그리움을 낳고, 그리움은 영원히 충족되지 않으며, 하늘이나 땅이나 알고 있을 그녀만의 방언으로 그리움은 그리움의 몸집을 부풀린다. 육체는 쇠약하고 줄어들지만, 그리움은 더욱더 커가고, 그리움은 더욱더 건강한 몸통을 얻는다. 나도 아니고, 너도 아니고, '영원히 남남이며 혼자인 유령들'이 그리움을 살며, 그리움 속에 울부짖으며, 그리움의 산맥들과 우주들을 창출해낸다.

노인병원, 즉, 요양병원은 이 세상의 삶으로부터 격리된 곳이고, 삶보다는 죽음이 더 가까워, 이 세상이

아닌, 저 세상으로 가기 위한 대기장소와도 같은 곳이
다. 이 세상의 삶은 더욱더 그립고, 저 세상은 다만 두
렵고 무섭다. 이 두려움과 무서움 속에서의 그리움이
란 그 얼마나 그립고 피 눈물나는 삶의 욕망이 배어있
는 것이란 말인가? 그리움의 크기는 삶의 크기이고,
사랑의 크기이며, 그토록 처절한 외로움과 자기 소외
감의 크기이다.

　"단단한 그리움 아쉬움 모두를 이 작은 종이그릇에"
담을 수도 없는 것처럼, 그리움이 크면 클수록 그리움
의 대상과는 더욱더 만날 수가 없다. 그리움은 이별의
무대이고, 죽음의 무대이며, 나 아닌 타인, 아니 영원
한 타인들인 '우리'가 저마다 외롭고 쓸쓸하게 퇴장해
야할 '막장 드라마의 무대'이다.

　이 세상의 할머니와 할아버지들이여, 과연 당신들
에게 아들과 딸이 있고, 사랑하는 손자와 손녀들이 있
었느냐?

　오늘도, 지금 이 순간에도, 노인병원, 혹은 요양병
원에서, 어느 누구도 모르게, 어느 누구와도 작별인사
도 하지 못하고 수많은 유령들이 죽어가고 있을 뿐 것
이다.

정해영

슬픔을 담는 그릇

겨울나무의
나뭇잎이 떨어지자 입이 없어 졌다

하고 싶은 말을 담아낼
그릇이 마땅치 않다
흘리거나 넘쳐버려서
주변을 어지럽히거나
다른 사람을 다치게 하는 것은
말이 아닌 말
크지도 작지도 않게
뜻이 잘 담기는 말의 그릇을 찾는다

나이테가 커지면서
안 보이던 슬픔이 보인다
말로는 다 할 수 없는 눈빛

눈빛으로 다 전할 수 없는
깊숙한 고백을
담아낼 용기가 없다

나무는 잎을 모두 떨어 뜨렸다
말이 사라졌다

슬픔을 담아낼 가장 든든한 그릇은
침묵이라고
나무는 적고 있다

📖

슬픔은 매우 다양하고 복잡한 감정의 표현이며, 수많은 실망감과 좌절감을 동반하고, 그것으로 인한 삶의 의욕을 잃어버린다. 눈앞에서 좌절된 꿈과 희망, 너무나도 뜻밖에 부모형제와 가족과의 이별, 그토록 가까웠던 연인과 친구들의 배신, 우연이 아닌 필연과도 같은 사지절단과 천재지변 등, 이 크고 작은 사건들에 따라서 슬픔은 너무나도 다양하고 너무나도 크나큰 충격으로 우리들의 마음과 심리를 지배한다. 슬픔의 기원은 분노이지만, 그러나 우리가 분노하는 동안은 원한 맺힌 저주감정을 퍼부어 대며 와신상담臥薪嘗膽, 복수의 칼날을 벼릴 수도 있다. 슬픔은 분노가 사그라진 체념일 수도 있지만, 그러나 우리가 슬픔의 감정을 삭히며 시를 짓고 노래를 부르는 동안, 어느덧 슬픔의 감정이 사라지고 새로운 삶의 희망과 용기를 가질 수도 있을 것이다. 그러니까 슬픔은 꿈과 좌절 사이에도 있고, 사랑과 배신 사이에도 있다. 분노와 체념 사이에도 있고, 삶의 기쁨과 우울함 사이에도 있다. 슬픔이 슬픔에 잠겨 자기 자신의 존재를 무화시켜버리지 않는 한, 슬픔은 삶의 찬가의 토대가 될 수도 있다. 이 세상의 삶의 대부분이 어렵고 고통스럽기 때문에, 모든 시는 '비가悲歌'이며, 슬픔은 심리적인 방어기제로서 수많은 슬픔들을 진정시키는 기적을 연출해내기도 한다.

정해영 시인의「슬픔을 담는 그릇」은 너무나도 장중하고 그 울림이 크다.「슬픔을 담는 그릇」에는 한 개인의 내밀한 역사가 담겨 있으며, "하고 싶은 말을 담아낼/ 그릇"을 찾아 헤맨 자의 고통의 가시밭길이 담겨 있고, 그 인고의 세월 끝에, 새로운 깨달음의 경지가 담겨 있다. 진흙 속의 연꽃같은 침묵, 하고 싶은 말들이 우화등선羽化登仙의 날개를 단 침묵, "슬픔을 담아낼 가장 든든한 그릇은/ 침묵"이라고 할 때의 이 침묵은 대우주와도 같으며, 이 침묵 속에는 수많은 생명체들이 태어나고, 짝짓기를 하고, 노래를 부르고 죽으며, 또다시 탄생한다. 침묵은 말들의 우주이고, 말들의 역사이며, 이 세상의 모든 슬픔들을 다 정화시키는 텃밭이다.

겨울은 더없이 혹독하고 천재지변과도 같으며, 모든 나무들(인간들)은 생존 자체가 문제가 된다. 나뭇잎이 떨어진 것은 할 말을 잃어버린 참담함과도 같고, 이 참담함 속에서 "하고 싶은 말을 담아낼/ 그릇이 마땅치" 않았던 것이다. "흘리거나 넘쳐버려서/ 주변을 어지럽히거나/ 다른 사람을 다치게 하는 것은/ 말이 아닌 말"에 불과했고, "크지도 작지도 않게/ 뜻이 잘 담기는 말의 그릇을" 그토록 찾아 헤맸던 것이다. 살다가 보면 나이가 들고, 나이가 들다보면 안 보이던 슬픔들이 다 보인다. 처지, 위치, 입장, 환경, 시간에 따라서 슬픔들도 다르게 보이고, "말로는 다 할 수 없는 눈빛/ 눈빛으로 다 전할 수 없는/ 깊숙한 고백을/ 담아낼 용기가" 없었던 것이다.

때는 한겨울이고, 나무는 잎을 모두 떨어뜨렸고, 나무의 말들은 모두 사라졌다. 말로는 다 할 수 없는 눈빛, 눈빛으로 다 전할 수 없는 고백, 주변과 주변을 어지럽히거나 다른 사람을 다치게 하는 말이 아닌 말을 찾는 정해영 시인은 '오체투지의 수행자'와도 같으며, 드디어, 마침내, 우리 인간들을 고통으로부터 구해낼 수 있는 새 용기(그릇)를 창출해내게 되었던 것이다.

"슬픔을 담아낼 가장 든든한 그릇은/ 침묵이라고/ 나무는 적고 있다."

　침묵은 새우주이며, 모든 말들의 고향이고, 이 세상에서 가장 찬란한 슬픔을 담는 그릇이다.

반경환은 1954년 충북 청주에서 태어났으며, 1988년『한국문학』신인상과 1989년《중앙일보》신춘문예로 등단했다. 반경환의 저서로는『시와 시인』,『행복의 깊이』1, 2, 3, 4권,『비판, 비판, 그리고 또 비판』1, 2권,『반경환 명시감상』1, 2, 3, 4권,『이 세상에서 가장 아름다운 명문장들』1, 2권,『반경환 명구산책』1, 2, 3권이 있고,『반경환 명언집』1, 2권,『쇼펜하우어』,『사상의 꽃들』1, 2, 3, 4, 5, 6, 7권 등이 있다.

이『사상의 꽃들』은 '반경환 명시감상'으로 기획된 것이지만, 보다 새롭고 좀 더 쉽게 수많은 독자들에게 다가가기 위한 포켓북이라고 할 수가 있다.

사상은 시의 씨앗이고, 시는 사상의 꽃이다. 그는 시를 철학의 관점에서 이해하고, 철학을 예술(시)의 관점에서 이해한다. 그의 글쓰기의 목표는 시와 철학의 행복한 만남을 통해서, 문학비평을 예술의 차원으로 끌어올리는 것이다. 따라서 반경환의 문학비평은 다만 문학비평이 아니라 철학 예술이라고 할 수가 있는 것이다.

시는 행복한 꿈의 한 양식이며, 낙천주의를 양식화시킨 것이다.

이메일 : bankhw@hanmail.net

사상의 꽃들 8
반경환 명시감상 12

초 판 1쇄 발행 2020년 3월 24일
지은이 반경환
펴낸이 반송림
펴낸곳 도서출판 지혜
편집디자인 김지호
주   소 34624 대전광역시 동구 태전로 57. 2층 (삼성동)
전   화 042-625-1140
팩   스 042-627-1140
전자우편 ejisarang@hanmail.net
애지카페 cafe.daum.net/ejiliterature

ISBN : 979-11-5728-391-0 02810
값 10,000원